석학
人文
강좌
10

문학, 영상을 만나다

석학人文강좌 **10**

문학, 영상을 만나다

2010년 5월 3일   초판 1쇄 발행

지은이	김주연
펴낸이	한철희
펴낸곳	돌베개
책임편집	최양순 · 이경아
편집	조성웅 · 김희진 · 좌세훈 · 권영민 · 신귀영 · 김태권
디자인	이은정 · 박정영
디자인기획	민진기디자인

등록	1979년 8월 25일 제406-2003-018호
주소	(413-756) 경기도 파주시 교하읍 문발리 파주출판도시 532-4
전화	(031) 955-5020
팩스	(031) 955-5050
홈페이지	www.dolbegae.com
전자우편	book@dolbegae.co.kr

ISBN 978-89-7199-389-7 94800
ISBN 978-89-7199-331-6 (세트)

이 저서는 '한국학술진흥재단 석학과 함께하는 인문강좌'의 지원을 받아 출판된 책입니다.

석학
人文
강좌

10

문학, 영상을 만나다

김주연 지음

돌베
개

책머리에

2009년 2월 7일부터 3월 7일까지 다섯 번에 걸쳐(종합토론 포함) 서울 역사박물관에서 행했던 특강을 정리한 결과가 이 책이다. 한국학술진흥 재단이 주최한 '석학과 함께하는 인문강좌' 시리즈의 한 부분으로 초청 된 것이었는데, 석학이 못 되는 나로서는 일정한 주제마저 정해지지 않은 상태에서의 준비가 다소 당황스러웠다. 그 가운데에서 결정된 연제가 「영상 문화와 문학의 새로운 파동」이었는데, 그것은 이 문제에 내가 정통 한 지식이 있어서라기보다 비교적 오래전부터 이 분야에 약간의 관심을 가져왔기 때문이라고 하겠다. 일찍이 1990년대 말 나는 『가짜의 진실, 그 환상』이라는 문학평론집을 출간해서 우리 문학에 나타나고 있는 영상적 징후를 포착해 본 일이 있으며, 21세기 벽두(2001년) 『디지털 욕망과 현 혹』이라는 책으로 이 문제를 확대하고, 다시 깊은 고민을 한 바 있었다. 이 책들은 그 제목이 말해 주듯이, 우리 문학에 1970년대 이후 서서히 확 대되고 있는 대중적/영상적 측면을 주목하면서 소설가/시인들의 새로 운 변모를 추적한 것이었다. 자연인은 나이가 들어가더라도 문학평론가 로서는 변화하는 문학 현장에 늘 같은 모습으로 함께할 수밖에 없기에 나 는 시간이 지날수록 오히려 젊어질 수밖에 없었다고 말할 수 있다. 그 결과 이즈음의 나는 새로움으로 부각된 영상 문화와 새로운 문학 작품을 연결 짓는 일을 자연스러운 과제로 바라보게 되었다. 아울러 이 일은 구체적인 작품 평가 하나하나를 넘어서는, 보다 집중적인 연구의 대상으로 받아들여지게 되었다.

따라서 이 책은 그 성격이 다소 모호하다. 문학평론집은 물론 아니지만, 그렇다고 해서 본격적인 학술서라고 하기에는 좀 겸연쩍은 바도 없지 않다. 학제적/현장적인 실천성이 깔려 있는 연구서라고 강변하고 싶은 마음도 없지 않지만, 조심스러운 분석을 통한 내 나름의 예견이 동반된 책이라 그 역시 황감한 일일 뿐이다. 여기서 한 가지 확실한 사실은 있다. 아날로그 시대의 한 나이 든 문학자로서 디지털 시대의 문학을 조망하고 있다는 점에서는 드문 경우라는 사실일 것이다. 한국 문학의 문단적 진행은 그 속도가 매우 빨라서 많은 문인들의 글쓰기가 디지털화하고 있으며, 형식과 내용 양면에서 급속한 세대교체가 이를 중심으로 이루어지고 있는 것처럼 보인다. 그러나 그 색깔의 현저한 차이에도 불구하고, 연령의 스펙트럼은 광범위하다. 말하자면 1960~1970년대 아날로그 문학인의 눈으로 볼 때 만화 같은 내용/형식의 2, 30대 디지털 세대 문학과, 젊은 디지털

문인들에게 이조 잔영처럼 보이는 노후한 문학이 공존하고 있는 것이다.

안타까움은 그러나, 이 공존이 화평의 공존일까 하는 의문에 있다. 한쪽이 다른 한쪽을 만화 혹은 노후로 생각한다면 거기에 화평은 없다. 화평은 양자 사이의 존중에 있을 것이며, 이때 그 화평은 풍성함으로 나아갈 것이다. 이를 위해서는 양자가 먼저 서로를 이해해 가는 작업이 필수적이다. 아날로그는 디지털을, 디지털은 아날로그를 배워야 한다. 아무리 디지털을 배경으로 한 인터넷 문화, 영상 문화가 새로운 시대를 열어 가고 있다 하더라도, 근대 문명의 축이 되어 온 종이 문화와 책의 근간이 되는 아날로그 시대가 단순 배격될 수는 없는 것이다. 양자의 상호 연구는 따라서 이 시대 문학의 불가피한 요체가 아닐 수 없다. 이 책은, 이러한 노력이 아직은 미미한 상황에서 그 시금석이 되기를 희망하며 쓰여진 것이다. 그러나 종이／활자 문화 전통의 끝에 앉아 있는 세대의 문학인이므로, 새롭게 대두된 영상 문학에 어느 정도 비판적인 시각이 잠재되어 있음을 숨길 수는 없을 듯하다. 특히 섹스, 폭력, 엽기로 나타나는 영상 문학의 특징적 성격은 융합의 넓은 바닷속에서 출렁거리며 극복되어야 할 것이다. 이 문제를 다루는 과정에서 나는 노골적인 성 표현을 즐기는 일부 작품들의 내용을 직접 인용하는 일도 마다하지 않았다. 문학 연구는 작품의 구체성에 대한 실증적 접근이 반드시 요구되기 때문이다.

데리다를 포함한 외국 이론가들의 이론과 우리 문학 작품의 실제 현장을 설득력 있게 연결 짓는 작업은 말처럼 그리 만만한 일은 아니다. 반세기에 가까운 문학평론가로서의 실무와, 역시 비슷한 세월을 일해 온 외국 문학도로서의 지식과 경험이 어울려 여기서 도움이 되었다면 고마운 일이다. 그러나 결과가 그 반대로 드러난다면 송구스럽기 짝이 없다. 여러모로 부족한 나에게 이런 기회를 준 학술진흥재단(현 한국연구재단)의 인문학 팀 여러분, 특이 이 길을 안내해 준 유성호 교수님, 그리고 토론자로 참가해서 고견을 피력해 준 오생근 교수님, 최동호 교수님, 김용희 교수님에게 감사의 말씀을 드리고 싶다. 아울러 색인과 교정 작업으로 한 권의 책을 제대로 꾸며 준 돌베개출판사 여러분들과 최양순 선생에게 각별한 고마움을 전한다.

2010년 3월
김주연

차례

I장

활자 / 문자 문학의 전통과
새로운 영상 문학의 대두

I

테크놀로지의 예술 개입

사회 변동과 이념의 갈등, 무엇보다 기술 발전에 의해 인류와 문명 자체가 직면하고 있는 도전은 19세기 후반 이후 21세기에 들어선 오늘날 우리가 힘겹게 헤쳐 나갈 현실이 되었다. 그 가운데서도 특히 혁명적이라고 할 수 있는 미디어의 변혁은 숨가쁘며 획기적이다. 필사筆寫 문화에서 인쇄 문화로의 이행이 15세기 서구 사회에 던져 주었던 놀라운 충격을 압도하는 20세기의 멀티미디어, 즉 다매체 시대의 출현은 인간의 삶을 송두리째 뒤흔드는 세기의 사건이 되었고, 벌써 사람들은 그 놀라움을 뒤로한 채 재빨리 적응해 가고 있다. 이러한 시대 변화는 활자/문자 문화로부터 영상 문화로의 전이라는 문화 이동 현상까지 유발하면서 급격한 문화 변동을 야기한다.

문화 변동이 파생시키고 있는 새로운 현상들은 일일이 예거하기 힘들 정도로 전면적이다. 기술 발전이 초래한 이 변동의 한가운데에는 역설적으로 테크놀로지 자체가 있다. 테크놀로지란, 벨에 따르면 "예술과 마찬가지로 인간의 상상력을 고도로 발휘하는 것"[1]이다. 예술이 상징적인 용어로 이루어진 경험의 미적 배열이라면, 테크놀로지는 효율적인 수단으로 경험을 도구화한다. 그러나 양자는 완전 분리된 영역은 아니어서 가치 내재적인 예술과 사회 구조 사이에서 테크놀로지는 양자를 함께 변형시킨다. 테크놀로지의 이러한 등장과 그 기능은 19세기 이전 사회에서는 상상하지 못했던 일이다. 문학 예술은 형이상학의 틀 안에서 자생적으로 성장했고, 자율적인 질서를 지닌 것으로 인식되어 왔다. 19세기 중반 니체 이후 이러한 인식이 급격한 전환을 맞은 것은 사실이지만, 예술에 테크놀로지가 직접 개입하게 된다는 사실은 놀라운 일이 아닐 수 없었다. 물론 초현실주의 이후, 그리고 사진술의 발달 이후 모더니즘은 기술 문명의 직접적인 개입과 영향을 받아 오기는 했으나 오늘날과 같이 그 모습이 총체적이고 중심적인 때는 없었다.

사회 구조와 문화 예술에 끼치는 테크놀로지의 영향은 압도적이라고 할 수 있는데, 특히 커뮤니케이션의 영역에서 발생하는 미디어로서의 그것은 엄청나다. 전화, TV, 위성통신을 통한 통신의 발달이 20세기 초에서 중후반을 리드해 왔다면, 20세기 후반에서 21세기에 이르는 테크놀로지는 휴대폰과 PC, 인터넷 분야에서 폭발한다. 특히 인터넷과 휴대폰은 기능을 주고받으면서 새로운 미디어의 중심이 되고 있다. 흔히 우리가 영상 문화라고 부르는 일련의 테크놀로지는 양자가 한 몸이 되어서 파워포인트PPT를 쏘고, 인터넷에 블로그라는 자기 화면을 만들고, UCCUser Created Contents를 올리고, 마침내 각종 인디 영화까지 제작하는 단계를 모두 포괄한다. 글을 종이에 써서 편지 형식으로 배달하는 형태는, 마치 그것이 15세기에 초현대적 미디어로 떠올라 왔던 모습처럼, 이메일이라는 형태에 의해 밀려 나간다. 물론 영상 문화의 등장에 의해 활자 문화가 소멸되거나, 활자 문화가 영상 문화로 완전히 대체되는 것은 아니다. 그러나 적어도 문화적 주도권이라는 면에서 영상이 이미 새로운 강자로 군림한 것은 분명해 보인다.

또한 영상 문화의 등장은 그것이 멀티미디어라는 특수한 테크놀로지라는 면에서 이에 대해 각별한 이해를 필요로 한다. 오늘의 테크놀로지가 단순히 기계라는 물리적 현상으로만 설명되지 않는 일종의 지적 테크놀로지라는 점이 인식되어야 하는 것이다. 알고리즘Algorithm이라고 불리는 지적 테크놀로지는 인간의 지적 조작을 대행할 수 있는 기계 과정인바, 컴퓨터가 바로 그것이다. 컴퓨터는 인간의 판단과 계산을 대행함으로써 20세기 전반까지의 물리적 / 육체적 기계와 획기적으로 구분된다. 다니엘 벨은 여기서 새로운 지적 테크놀로지는 "이성의 캠퍼스"를 찾고 있다고 말한다.

지적 테크놀로지는 이렇듯 새로운 미디어를 가져왔으며, 그 미디어는 우리의 현실을 그 뿌리에서부터 흔들고 있다. 활자 문화와 인쇄술의 출현이 처음에 그러했던 것 이상으로(이에 대해서는 뒤에 상술할 것이다) 현실에 준 충격은 M. 맥루한의 세기적인 선언 "미디어가 메시지"가 되었기 때문이리라. 단순히 통신 수단이라거나 정보 매체가 아닌, 그 자체가 메시지가 되어 버린 현실에서 미디어의 위상은 절대적인 것이었다. 이제 파워포인트로 띄우는 동영상은 그것이 무엇을 전달하느냐 하는 차원으로부터 벗어나 그 동영상 자체가 그 무엇이 된 것이다. 이런 사정은 인터넷에서의 블로그를 생각해 보면 쉽게 납득이 된다. 전달해야 될 꼭 필요한 내용, 즉 콘텐츠의 불가피성 때문에 블로그가 요구되는 때도 없지 않으나, 사실은 블로그를 먼저 만들어 놓고 보는 경우가 대부분이다. "문제는 콘텐츠다"라고 많은 사람들이 이야기할 때, 이것은 콘텐츠가 채워지지 않은 블로그를 말하는 것으로 이해된다. 비슷한 논리는 PC 일반에서 논의되는 하드웨어와 소프트웨어의 관계에서도 마찬가지다. 이러한 상황은 '미디어가 곧 메시지'라는 맥루한 이론의 현실적 정황을 가리키는 것인데, 이와 관련된 보다 본질적인 부분에 대해 맥루한 자신의 언급을 들어 보자.

우리의 문화는 모든 사물을 관리하기 위해 이들을 분할하고 구분하는 데 숙달되어 있으므로 이제 실제로 '미디어가 메시지다'라는 것을 납득하게 되면 다소 충격이 될 것이다. 그러나 그 의미는 간단하다. 그것은 모든 미디어가 우리 자신의 확장이며, 이 미디어의 개인적 및 사회적 영향은 우리 하나하나의 확장, 바꾸어 말하면 새로운 테크놀로지 하나하나가 우리에게 도입되는 새로운 척도로서 측정되어야 한다는 것이다. 그러므로 이를테면 자동화의 경우 인간의 결합 방법에 새로운 기준이 생기므로 인간의 일이 불필요해진다는 것은 사실이다. 그러나 그것은 소극적인 결과다. 적극적인 면에서는 자동화란 한 시대 전의 기계 테크놀로지가 파괴한 것, 즉 일과

인간의 깊은 관여를 인간의 새로운 역할로 만들어 낸 것이다.[2]

맥루한 명제의 내용은 두 가지다. 즉 그 하나는 모든 미디어가 우리 자신의 확장이라는 것, 다른 하나는 자동화와 같은 예에서 볼 수 있듯이 미디어는 예전의 기계적 테크놀로지와는 달리 지적 테크놀로지로서 인간의 깊은 관여가 존재한다는 점이다. 그리하여 전통적인 서구 문명의 이원론, 즉 내용과 형식 또는 내용과 방법 사이의 굳은 벽이 허물어지고 양자는 겹쳐진다. 더 나아가 방법이 내용이 되는 역전이 이루어진다. 맥루한이 보기로 들고 있는 전광電光은 그것이 동영상의 바탕이라는 점에서 설명에 현실적인 설득력이 있다.

전광은 순수한 정보이다. 전광이 어떤 말이나 이름을 나타내는 데 사용되지 않는 한, 이 전광은 말하자면 메시지를 갖지 않는 매체이다. 이 사실은 모든 미디어의 특성, 즉 모든 미디어의 내용은 언제나 또 하나의 미디어라는 것을 뜻한다. (……) 이처럼 미디어의 내용, 혹은 사용법은 갖가지이지만, 그것들은 인간관계의 형型을 만들어 낼 수는 없다. 미디어의 내용은 우리가 미디어의 본성을 아는 데 오히려 방해가 되기 쉽다.[3]

실로 이러한 진단은 적중해서 오늘의 현대인들은 거의 미디어의 노예가 되어 가고 있는 형편이다. 멀티미디어와 영상으로 엮인 미디어 그 자체가 메시지라는 맥루한의 명제는 반세기 전의 예언으로 지금에 와서 모든 이가 공감하는 위력을 발휘하고 있다. 그러나 이러한 영상 미디어의 위력 앞에서 가장 큰 위기감을 느끼며, 또 위기에 노출되어 가는 분야가 있다. 전통적인 문화의 중심으로서, 활자 문화의 꽃으로서 그 힘을 발휘해 온 문학이라는 장르다. 활자 문화는 공문서를 비롯한 여러 분야에서 PC의 이메일, 한글 워드와 더불어 공존하고 있지만, 필사와 활자를 오랜 시간 거쳐 오면서 글/문자에 담긴 독특한 상징성을 생명으로 한 문학이 새로운 미디어에 의해서도 그 아름다운 질서와 조직을 여전히 지켜 나갈 수 있느냐 하는 문제는, 곳곳에서 회의적인 시각과 만나고 있는 것이 사실이다. 문단 일각에서 간헐적으로 터져 나오는 위기론은 이러한 현실과 무관치 않다. 영상 미디어의 대두는 문학에서 단순히 새로운 미디어의 등장만을 의미하는 것이 아니다. 전통적인 이성에 대한 전면적 불신, 회의와 더불어 영상 미디어와 사이버 공간에 의해 촉진되는 낯선 모습들이 문학 공간에 이색적으로 출현하는 여러 현상이 문학에 어떤 파동을 일으키는가 하는 점이 관심의 초점이 아닐 수 없다. 영상 문화의 대두에 따른 전통적인 문학의 변형 양상을 추적, 점검하는 일은 상황과 문학의 근원적인 관계에 대한 탐구일 뿐 아니라, 지속 가능한 문학 양식에 대한 염원을 포함한다.

2

전자 사막 위의 문학

나는 문자의 들판에서 문학이라는 곡식을 먹고 성장했다. 거기에는 고독하고 개인적인 내면적 사유가 있고, 하나의 선율로 흐르거나 몇 개의 선율이 화음을 이루며 흘러가는 아름다운 서사들이 있고, 이성의 등불에 대한 사람들의 신뢰가 있었다. 세상은 불완전하고 당장 바뀌어야 할 그 무엇이었지만, 또 현실은 당위보다 힘이 세었지만, 그래도 선한 것, 아름다운 것, 진실한 것에 대한 대체적 합의와 존경 그리고 겸허하고 성실한 추구가 세상의 한 구석에는 늘 있었다. 그리고 지혜로운 사람들은 높고 아름다운 것을 찾으러 과거의 창고를 자주 들락거렸다. 그런데 90년대 이후 문자의 들판에 이상한 초목들이 자라나기 시작했다. 전자 기술의 씨앗이 피워 낸 꽃들이 만발했고, 예전과는 다른 종류의 나무들이 우거졌다. 이성에 대한 불신, 영상 매체의 대두, 사이버 공간의 확대, 포스트모더니즘의 범람, 서사의 와해, 인문학의 몰락과 경영학의 번성, 문학의 쇠퇴, 지식과 책의 변질, 세계화, 경계의 소멸, 시공간의 내파, 사회 각 분야에서의 힘과 권위의 이동, 대중 소비 문화의 급증과 같은 나무들이 제멋대로 자라나 들판의 풍경과 기후를 바꾸었다. 나름대로 질서를 갖고 있던 문자의 들판은 무질서한 쑥대밭이 되어 가는 것처럼 보였다.[4]

위의 글은 유수한 중견 문학평론가 이남호 교수의 비감 어린 고백이다. 2000년대 초, 이른바 21세기에 들어서서 10년 안팎에 몰아치고 있는 문학의 변화를 예민하게 포착하고 있는 그의 안테나와 진단은 대체로 정확하다. 그가 열거하고 지적한 갖가지 현상은 그 자체들로 분리되어 있고 독립적인 경우들도 있으나, 사실은 이리저리 연계되어 있는 전체 현상의 부분들로서 돌출해 있다고 보는 편이 타당할 것이다. 이 서로 비슷하고 때로 달라 보이기도 하는 현상들의 공통된 본질에는 바로 활자 문화→영상 문화로의 이동이라는 요소가 잠재해 있다. 그리고 보다 구체적으로 들어가 보면 컴퓨터, 특히 PC의 발달과 보급이라는 점이 결정적으로 작용한다. "아직도 펜으로 원고지에 글을 쓰십니까?"라는 질문은 5, 6년 전까지만 해도 종종 들을 기회가 있었지만, 지금은 그 질문마저 더 이상 행해지지 않는 것 같다. 그나마 문구점에 원고지가 비치되어 있는 것이 오히려 신기할 정도다. 내 개인적인 경우를 예로 든다면, '하프 앤 하프'다. 즉 원고지 글쓰기 절반, PC 한글 자판을 통한 글쓰기 절반인데, 그 원고를 어딘가로 보내야 할 때 결국 이메일을 이용한다는 점을 생각한다면 PC 쪽으로 절반 이상

기울어 있는 셈이다. 컴퓨터로 대변되는 전자 기술의 발달은 지난 세기 비행기, 자동차, 전화의 발달을 능가할 정도로 위력적이며 혁명적이다. PC를 넘어서 그것은 휴대폰, MP3, DVD, 디카 등 무수한 인근들을 개발, 발달시키고 있는데, 이들의 공통점 역시 바로 '영상'이다. 전화와 라디오를 통한 청각 문화는 TV와 PC를 통한 시각 문화로 진화한 것이다. 그래서인가, 10명이면 7, 8명이 안경을 썼고, 두 집 건너 한 집으로 안경점이 번창하고 있다. 중학교 시절 반에서 나 혼자 '안경잡이'였던 때가 아득한 시절로 추억될 뿐이다. 사람들은 바야흐로 보고 또 보고, 그것도 아주 잘 보아야 하는 세상이 된 것이다. 그것도 문자 아닌 그림으로.

문자 아닌 그림을 선호하는 세상은 문자도 그림처럼, 또는 그림 안에 담는 '화상화'畵像化 현실을 만들어 낸다. 이 문제에 대해서 나는 문학과 관련해서 이를 주목한 평론집 『가짜의 진실, 그 환상』이라는 책을 1998년에 상자上梓한 일이 있는데, 사실 이때부터 우리 문학은 급격히 화상화되어 갔다는 것이 나의 판단이다. 말하자면 '그림 속에 빠진 문학'이 된 것이다. 그림에는 여러 형태가 있을 수 있겠는데, 진짜 그림인 '화상'과 가짜 그림인 '영상'으로 대별된다. 『가짜의 진실, 그 환상』에서 나는 다음과 같이 말한 일이 있다.

가짜가 진실인 것 같은 세상, 가상 화상, 영상…… 사이버스페이스 속에서 명멸하는 진실들? 가짜의 화면에 오른 진실은 붉은 살덩이의 피곤한 육신들, 따라가기도 힘들고 거부하기도 어려운 현실이 보다 정직하게 고백한

다면, 이 책 뒤에 붙어 있는 심리적 배후다.[5]

그러면서 이 책은 젊은 작가 10여 명의 세계를 특징적으로 분석했는데, 그중 몇 명을 문학의 화상화라는 측면에서 접근한 진술을 참고로 살펴보면 이렇다. 소설가 채영주, 신경숙, 배수아에 관한 분석 일부분들이다.

그림에 대한 소설가의 탐닉 그것은 내게 자연스럽게 신세대 문화의 영상주의를 떠올리게 한다. 컴퓨터와 비디오로 연결되는 화상 중심의 문화는 오늘날 문화의 새로운 무대를 형성하면서 문화 개념 그 자체에 도전하고 있다.[6]

그러나 그 반대되는 이야기도 한두 가지 가능하다. 그 가장 두드러진 부분은 아무래도 이 작가의 환영幻影주의다. 이러한 표현은 나 자신의 조어로서 어색한 감이 없지 않으나, 신경숙 이후 일련의 젊은 작가들의 경향을 고려할 때 다소 낯선 대로 관심의 중심에 끌어올 만하다. 환영이란 실재가 아니며 그런 의미에서 하나의 가상이다.[7]

세상과 삶을 그림으로 바라보고, 그 모습을 다시 그림 같은 소설로 만들어나가고자 하는 의식에는, 당연한 결과로 많은 혼란과 무리가 야기된다. (……)
배수아가 보여주는 화면의 아름다움은 아슬아슬한 그 사잇길을 걸어가는

느낌이다. 왜냐하면 그의 그림, 그의 화면은 소설 전개의 구조적 결말임에
도 불구하고 이 시대의 산업 문화·광고 문화의 얼굴과 너무 닮아 있기 때
문이다.[8]

그 밖에도 뭉크의 화집을 소설 주인공이 열아홉 살 때 가장 가지고
싶어 했던 것의 전부였다고 고백하는 장정일의 소설, 기시감의 풍경
을 즐겨 구도로 삼아 화면을 소설 공간으로 하는 윤대녕 등을 함께 아
울러 본다면, 1990년대 작가들의 화상 선호 내지 탐닉은 어렵잖게 만
져질 수 있다. 이 같은 현상은 이들보다 젊은 새로운 작가들의 등장과
더불어 급격히 격화된다.

가령 소설가 김영하를 지나면서 박민규, 백민석, 이기호 등등에 이
르면 단순한 화상성, 영상성의 대두 이상의 현상이 나타나면서 전통
적인 소설 문법의 심각한 붕괴를 만나게 된다. 앞의 평론가 이남호는
물론 시인 이원에 의해서도 이 현실은 "전자 사막"으로 표현되며, 이
사막에서 어떻게 살아남느냐 하는 문제가 초미의 관심사로 부각된다.
가령 시인 이원의 시 〈전자 사막에서 살아남기 위해〉의 한 구절을 읽
어 본다.

전자 사막에서 유목하며 살아남기 위해
노새를 살까 양을 살까
낙타 한 쌍을 살까
(……)

유목민으로 살아남기 위해 야생 아네모네 씨를

구해볼까 개양귀비 씨를

구해볼까 튤립 씨도 구해볼까

코오롱 텐트를 하나 살까

복숭아향과 레몬향이 첨가된 생수를

한 박스 사둘까 김춘수 시전집을 따로 하나

(……)

이리듐 위성망이 봄을 전송해오면 그와는

나비처럼 헤어질까 그때에도 나는

여전히 온라인으로 켜놓을까 아니면

문을 안으로 닫아 걸고 막고굴을 하나 팔까

h의 DNA에 내 유전자의 일부를 잘라 붙인

복제아기 신청서를 낼까 오욕칠정을 가진

키가 185cm까지 자라는

사내애 하나와 검은 곱슬머리를 가진

쌍둥이 계집애 둘을 주문할까.

(……)9

이와 같은 시대, 즉 전자 사막으로 불린 컴퓨터와 인터넷 시대는 사실 벌써부터 예견되어 오기는 했다. 가령 아도르노는 일찍이 1965년 「앙가주망」이라는 글을 통해 이 문제와 관련, 날카로운 통찰을 보인 바 있다.

(……) 참여, 자율예술 논쟁에 참여했던 폴 클레는 제1차 대전 중이던가 아니면 종전 직후 빌헬름 황제에 대한 캐리커츄어를 비인간적인 철면피로 그렸다. 그후 여기서 그것은 정확하게 증명될 것이다. 그것은 1920년 새로운 천사가 되었다. 풍자와 참여에 대해 어떤 열린 우화도 갖고 있지 않은 기계라는 천사이다.[10]

물론 아도르노의 언급은 문학 예술의 자율성과 참여의 문제를 논하면서 카프카를 예로 드는 가운데 나온 발언이며, '기계 천사'를 오늘의 PC나 인터넷을 예상한 것은 아니었을런지 모른다. 그러나 문제는 '기계 천사' 또는 '기계라는 천사'Maschien-Engel라는 울림이다. 천사라고 하면 지상의 다툼을 일거에 해결해 주는 하늘의 복음 아닌가. 그런데 기계가 천사라는 것이다. 참여도 자율도 기계 앞에서는 이제 다툴 필요가 없는 것이다. 그러나 그 천사는 '열린 우화'를 갖고 있지 않은, 그야말로 기계적인 기계다. 특히 이 글의 끝 부분에서 아도르노는 이 기계 천사가 주지는 않고 취하기만 하는 천사라고 끝을 맺는데, 무슨 뜻인지 의미심장하다.

이원 시인은 그가 지칭한 전자 사막에서 벌어지는 일들을 시집의 제목에 이미 압축해 놓았다. '야후!의 강물에 천 개의 달이 뜬다'고 하지 않는가. 전자 기술 이전의 시대, 말하자면 아날로그 시대만 하더라도 당연히 '달'은 하나였는데, 디지털로 바뀌면서 '달'은 수천 개가 가능해진 것이다. 과연 이러한 시기에 시는, 문학은 무엇을 할 수 있을 것인가, 시인은 그것을 묻고 있다. 활자 문학에서 영상 문학으로의 변

화는 그리하여 시인으로 하여금 '나는 클릭한다 고로 나는 존재한다'
는 진술을 하게 한다.

잉크 냄새가 밴 조간신문을 펼치는 대신 새벽에
무향의 인터넷을 가볍게 따닥 클릭한다.
신문 지면을 인쇄한 모습 그대로
보여주는 PDF 서비스를 클릭한다.
(……)

나는 세계를 연속 클릭한다.
클릭 한 번에 한 세계가 무너지고
한 세계가 일어선다.
해가 떠오른다 해에도 칩이 내장되어 있다[11]

"나는 생각한다 고로 존재한다"는 데카르트의 명제는 종이 위에 쓰
여진 문자와 더불어 전개되어 있다. 이 명제는 그것이 알려진 17세기
이후 적잖은 이견과 도전을 지나면서 수정되거나 보완되었으나 '생
각'이 '클릭'으로 대체되는 전면적인 전복은 상상할 수조차 없었던 일
이다. 그러나 이제 그것은 시의 현실을 넘어서, 현실 그 자체가 되고
말았다. 생각이 없어지고, 문자가 없어진 것은 아니지만, 그것 때문에
'존재' 자체가 좌지우지된다는 생각은, 적어도 생각의 중심에서 멀어
지게 되었다. 앞의 시에서 인쇄된 신문 지면 자체가 인터넷에서 PDF

로 나타난다고 했는데, 이것이 바로 문자의 화상화다. 그림 속으로 글자가 빠져 버린 것이다. 20세기 중반 '오프 아트'Off Art 혹은 '팝 아트' Pop Art라고 해서 글자와 그림이 무질서하게 얽혀 있는 듯한, 그림으로 글자가 투항, 녹아 버린 현실이 기억된다.*

글자가 문자만으로 쓰여지는 세계는 원고지를 비롯한 종이 위에서만 가능한 현실로 퇴화되고 있으며, 그것도 컴퓨터에 연결된 복사기를 통한 프린트 형태가 대부분이다. 그러나 주된 표현 작업과 전달 작업은 PC 안의 인터넷을 통해서 이루어지는바, 그것이 바로 화상의 현실이며 영상 문화다. e-book이나 인터넷 소설이 문자를 사용하고 있으나 그 문자는 어디까지나 화상화된 문자다. 결국 문자는 그림이 되었으므로 활자 문화→영상 문화로의 이행이라는 문화의 지형 이동 현상은 수용될 수밖에 없다. 여기서 변화와 이동의 배경에 대한 이해가 필수적으로 제기되는데, 먼저 지금까지 "cogito ergo sum"(나는 생각한다. 고로 존재한다)의 축이었고 '문자의 들판에서 자라난 곡식'인 문학의 전통을, 활자 문화의 역사라는 관점에서 살펴볼 필요가 있다.

---

* 베를린의 무질서한 풍경을 그림으로 고발한 『Berlin Language』 등 수많은 보기를 예거할 수 있음.

3

책의 근대적 역사와 문학

활자 문화, 즉 인쇄술의 출현도 마치 코페르니쿠스와 다윈의 출현처럼 충격적인 것이었다. 15세기 말 서양 책상에서 필사로 쓰이던 문서들이 인쇄소로 옮겨지자 한 사회학자가 "사람들과 정보를 전달하는 새로운 매체의 발생이 사회에 끼친 극적인 영향은 역사가 증언한다. 문자의 발명과 그 뒤의 인쇄술의 발명이 그 예다"[12]라고 썼는데, 당시의 상황에 대한 정직한 관찰로 보인다. 어쨌든 인쇄술은 활자를 통한 인문학 일반의 발전에 기여했을 뿐 아니라 교회를 비롯한 종교 생활, 그와 연관된 필수적인 제도, 가령 정치와 법률에도 결정적인 영향을 끼쳤다.

인쇄술 이전의 상황을 짐작해서 재구성한다는 것은 거의 불가능한 작업으로 여겨지는바, 이것을 인류학적 시각에서 구전 문화와 문자 문화의 거리라는 측면에서 인간의 어린 시절과 관계해서 유추해 보는 시도가 있기는 하다. 말하자면, 유아기는 말만 하는 구어 시대, 조금 나아가 유년기는 글을 쓰는 문어 시대로 구분하는 일일 것이다. 그러나 인쇄술 이전에도 필사로 글을 쓰는 문화가 있었으므로 이러한 유추와 비유가 반드시 적절해 보이지는 않는다. 그럼에도 인쇄술이 생겨난 충격이 적지 않았던 것만은 분명해서 이를 신성한 기술로까지 여기게 되었다. 이때의 신성함은 대체로 두 가지 의미로 해석될 수 있다. 첫째는 성서, 즉 기독교와의 관계다. 15세기까지 그림이 들어간 필사본 형태로 식자층에게만 제한적으로 보급되었던 성경은 목판본 인쇄를 통해서 더 많은 독자들을 향해 열리게 되었다. 기독교의 복음이 대중화될 수 있었던 측면은 당시의 인쇄술이 가져온 가장 분명한 가시적 성과였다. 그리하여 모든 계층이 총체적으로 수용할 수 있는 성서가 보급됨으로써 계몽주의를 향한 유럽의 전진이 서서히 시작되었던 것이다.

미디어의 첫 혁명이라고 불릴 수 있는 인쇄술의 발전은 지식 제도 면에서 몇 가지 중요한 변화를 가져왔다. 그 가운데 가장 현저한 변화는 학교와 교사의 기능에서 생겨났다. 다시 말해서, 학교와 교사 없이도 독학을 할 수 있는 '책'이 나왔던 것이다. 독서에 의한 학습이 이루어짐으로써 학교 제도, 또는 기억이라는 개인의 습관에 대한 의존도가 낮아지게 되었다. 기억의 관습에 가한 변화는 인쇄술 발달이 가져온 중요한 업적이다.

인쇄술의 발달로 당연히 책이 양산되고 책값 역시 저렴해졌을 뿐 아니라, 주해자/주석자의 중요성은 반감된 채 다양한 책들이 서점과 서가에 등장하게 되었다. 그 결과 여러 텍스트를 대조하고 비교할 수 있는 기회가 많아졌으며, 자연스레 지식 사회에 대한 비판과 검증이 가능해졌다. 따라서 독점적인 학설이나 학파의 전횡도 줄어들 수밖에 없었고, 특정 학설의 권위주의적인 행보도 긴 생명을 가질 수 없게 되었다. 요컨대 지식 사회의 풍토가 훨씬 투명해졌고, 서로서로의 문은 개방하지 않을 수 없었다. 지적 통합 활동으로 인한 보다 활발한 창조 작업이 촉진되는 등 인쇄술을 통한 활자 문화/서적 문화의 기여도는 날이 갈수록 높아졌다.

잘 알려져 있듯이 인쇄된 활자가 출현한 것은 우리나라가 세계 최초로 1377년 청주 흥덕사에서 간행된 『직지심체요절』直指心體要節이 그것이며, 서양의 경우는 독일 마인츠에서 1455년 구텐베르크Johannés Gutenberg가 성경을 금속활자로 인쇄해 냈다. 구텐베르크 이전에는 성경 한 권을 손으로 베끼는 데 3년이 걸렸으나, 이후에는 그 시간이면 성경 180권이 인쇄되었다고 한다. 우리나라의 경우 그 당시의 것으로 알려진 금속활자본에 의한 대량 인쇄의 흔적은 없지만, 이렇듯 활자 인쇄를 세계 최초로 발명했다는 사실은 인터넷 왕국이라는 평가를 받는 오늘의 현실과 관련지어 볼 때 상당한 의미를 지닐 수 있으리라 생각된다.

1377년 7월에 금속활자로 인쇄된 『직지심체요절』은 백운 화상白雲 和尙이 선도禪道를 깨우치기 위해 집필한 책으로 알려져 있다. 많은 불교 서적들 가운데서도 선의 요체를 깨닫는 데 필수적인 부분만을 초

록한 이 책은 '직지인심 견성성불'直指人心 見性成佛이라는 수신오도修身悟道의 명구에서 따온 것으로, 이는 "참선해서 사람의 마음을 직시하면 그 심성이 부처님의 마음임을 깨닫게 된다"는 뜻이다. 당시 학승들의 교과서처럼 읽힌 것으로서 금속활자 인쇄본을 통해, 훨씬 뒤 독일 구텐베르크의 인쇄술에 의해 성경이 많이 찍혀 나왔듯이 여러 권 찍혀 나왔을 것으로 추정된다. 그러나 현재는 프랑스 파리의 국립도서관에 한 부만(그것도 상하권 중 하권뿐) 소장되어 있는 것으로 알려졌다.

어쨌든 이 책의 발견으로 한국이 세계에서 가장 오래된 금속활자본 생산국임이 공인되었는데, 이런 책이 당시 국교라고 할 수 있던 불교의 학습과 훈련, 그 보급과 긴밀히 연결되어 있었다는 점이 주목된다. 이 점은 구텐베르크의 인쇄술로 탄생한 성경과 더불어 시대정신의 확산에 활자 문화가 크게 기여했음을 말해 주는 것이다.

활자 문화가 시대정신을 반영하면서, 나아가 그것을 이끌어 왔다는 사실은 역사적으로 여러 측면에서 입증된다. 과학과 기술이 사회제도에 영향을 미치면서 인간의 삶과 사고를 바꾸고, 사회생활을 재조직해 왔는가 하는 점은 이해하기 어렵지 않다. 교통과 통신 수단의 발달이 형이상학적 사고를 리얼리즘으로 끌고 간 19세기의 현실에서 우리는 눈을 돌릴 수 없다. 그 가운데서도 필사를 활자 인쇄로 진화시킨 기술은 언어를 재구성했다는 점에서 미상불 혁명적이다. 활자 인쇄를 다시 전자 미디어로 탈바꿈시키고 있는 21세기를 일찍이 반세기 전에 예견한 M. 맥루한에 의하면 "미디어는 메시지"이기 때문이다. 이 명제는 필사가 인쇄로 바뀐 15, 6세기에 이미 입증되었다. 그 시대의 정보 기술과 수단이 그 시기의 인식을 형성한 것이다. 커넌에 의하면 "구술 사회는 지혜를 추구하고 필사와 인쇄 사회는 지식과 정보를 추구"한다.[13] 다른 한편 오늘의 전자 사회는 데이터를 생산하기 위해 바이트byte를 교묘하게 조종한다는 것이다.

문자로 글을 쓴다는 것과 그 글을 대량으로 인쇄한다든가 복제한다는 것은 근대적인 의미에서 인간이 '공작인'의 모습과 '지식인'의 모습을 함께 갖추기 시작했다는 것을 뜻할 수 있다. 글쓰기가 등장하면서 그리스 문화는 B. C. 5세기의 구술 문화에서 호머로부터 플라톤으로의 진화, 즉 원초적 형태의 문학에서 철학으로 나아가는 문화적 진보를 경험한다. 문학의 원초적 형태가 '이야기'라면, 그 이야기 속에는 역사적 사실과 이야기 화자의 상상이 복합된 시공이 펼쳐지는데, 이러한 세계는 철학을 통해 체계화된다. 활자/인쇄 문화의 출현은 이러한 진화를 획기적으로 갱신하는바, 이야기의 체계화 또는 체계화된 이야기 수준의 문학 플러스 철학을 지식과 정보가 얽혀 있는 형이상학으로 집단적 규모의 대형화를 통해 수행한다. 물론 이러한 수행은 18세기 이후에 본격화되었고, 계몽주의를 전후한 시기, 즉 16, 7세기에는 여전히 구술→필사→초기 인쇄술로 이어지는 정보 수단이 지닌 어떤 마법적인 혹은 신성한 분위기가 남아 있었던 것으로 보인다.

그러므로 인쇄 문화의 총아로 각광을 받기 시작한 책은 서양 사회의 탈신비화 과정과 그 역사를 거의 함께하는 측면이 강하다고 할 수 있다. 활자/인쇄 문화에 의해 탄생부터 신성성의 약화와 더불어 공작성이 두드러지게 나타난 책의 근대적 역사는 계몽주의의 대두 이후 합리적인 이성의 문화적 표징으로 그 위상을 확실히 만들어 간다. 필사에 의해 씌어진 글들은 중세를 배경으로 한 영화에서 볼 수 있듯이 신비한 의미가 있는 것으로 생각되었다. 손으로 쓰는 데는 많은 시간이 들고, 자신이 직접 글자를 생산한다는 느낌에 의해 마법이 작용하는 것 같은 엄숙한 분위기였을 것으로 어렵잖게 짐작된다.

그러나 책이 많아지고 문학 작가들을 비롯한 저자가 많아지면서 마법적 분위기나 신성성은 현저히 퇴색하는데, 여기서 계몽주의가 큰 몫을 차지한다.

인쇄 문화가 본격화되기 시작하는 15세기 중반 이후 책의 인쇄 부수는 반세기 동안 500부에서 75만 부까지 급증했다. 로마 법전, 번역 성경은 가장 많이 보급되는 서적의 선두에 섰으며, 문학은 작가에 따른 차별화를 통해 동일한 주제에도 불구하고 개성적인 세계가 승인되는 장르로 확실히 자리 잡았다.

결국 활자 문화, 인쇄 문화는 책으로 압축되며, 책은 독서와 벗하면서 이 문화를 번성시켜 왔다. 문학은 말하자면 인쇄 문화의 꽃이라고 하겠는데, 이 모든 것들은 근대와 짝을 이루면서 인간의 내면과 사유를 풍성하게 만들어 온 것이다. 『직지심체요절』이 발행된 14세기 이후, 그리고 금속활자본으로 씌어진 성경이 보급된 15세기 이후 르네상스와 종교개혁이 일어났다는 사실은 결코 우연이 아니다. 우리나라에서도 이후 17세기에 와서 김만중이 지은 『구운몽』이 나왔는데, 근대 소설의 효시로 보아도 무방할 것이다.

여기서 우리는 독서와 활자 문화, 그리고 문학과의 관계를 진지하게 검토할 필요가 있다. 먼저 독서, 즉 책을 읽는다는 것은 과연 무엇인가? 당연한 일처럼 보이는 이 문제에 대해 한번쯤 본질적인 물음을 던져 본다면, 활자 문화 속의 문학의 위상이 가까이서 만져질 수 있다.

대부분의 사람들은 읽기를 배울 때의 강렬한 체험을 좀처럼 잊지 못하며 그 체험은 특히 처음 읽기 능력을 인정받는 그 기념할 만한 날에 절정을 이룬다. 이러한 사실은 읽기가 근대 정신에 얼마나 핵심적인지 보여준다. (……) 독자들은 침묵으로 둘러싸인 분리된 개인이며 그들의 지성은 활자가 인쇄된 종이 위에서 동떨어진 신비한 현실과 조우하는 것이다. (……) 인쇄 문화는 읽기를 통해 이반 카라마조프와 같이 내향적이고 소외되고 어쩔 줄 모르는 근대의 지배적인 성격 유형을 형성하는 데 기여했을 뿐 아니라 필연적으로 현대 사회의 지적 상황에 압력을 가하였다. (……) 그러나 문학은 아주 사소한 면에서까지도 훨씬 더 활자 문화의 소산이라고 할 수 있었다. 처음부터 문학의 특징으로 여겨져 온 문체와 같은 정교한 세부 사항에 대한 강조 등은 사실 안정된 활자 텍스트 내에서만 가능한 일이다. (……) 보편 문학의 개념, 낭만주의의 상상적 도서관은 오직 인쇄된 책의 거대한 집합에 의해 가능할 수 있다. (……) 말 그대로 인쇄술이 문학을 만들었다.[14]

그가 밝히고 있는 활자 문화와 문학과의 관계는, 요컨대 네 가지 요소로 집약된다. 첫째, 활자를 통해서 독자의 지성은 신비하고 추상적인 현실과 만난다는 점이다. 이 현실은 현실 그 자체나 사진과 같이 직접적이지 않고 활자를 통해 매개된 보이지 않는 시공이다. 그 시공은 해석이 요구되는 상상력의 자리다. 드러내는 동시에 감추는 언어가 거기에 있는데, 그 활자화된 언어는 불확실하고 교묘하고 복잡하다. 문학이라고 부를 수밖에 없는 문이 열리는 것이다. 둘째, 활자 문화는 근대 사회의 성격을 형성하는 데 기여하는 한편, 지적인 상황에 압력을 가하는 이중의 지적 기능을 행한다. 셋째, 문학 고유의 특징인 문체는 안정된 활자 텍스트 내에서만 가능하므로 문학은 활자 문화의 소산이다. 커넌은 여기서 매우 중요한 사항을 덧붙이는데, 즉 구조주의나 해체주의 같은 철학의 문체는 활자/인쇄 문화의 전망 속에서 건설된 것이므로 또 다른 매체가 등장하면 이슬처럼 사라져 버린다는 것이다. 그러나 문학은 그렇지 않다는 것이다. 이 말은 또 다른 매체의 등장에도 불구하고 문학은 사라질 수 없다는 주장의 반증이기도 하다. 결론적으로 인쇄술이 문학을 만들었으며, 문학이란 역사적으로 인쇄 문화의 문학적 체계에 다름이 아니라는 것이 그의 지론이다.

이러한 견해는 반세기 이상 문학의 개념을 뒷받침해 온 『문학의 이론』의 저자 R. 웰렉과 A. 워렌이 문학을 개념 정의하면서 문헌학/서지학, 요컨대 인쇄된 활자 문화의 저작물 전체와의 관련 아래서 문학적/비문학적 부분을 끊임없이 세밀히 가려내고자 했던 사실을 환기하면, 대체로 수긍되는 논리다. 문학적/비문학적 언어란 사실상 문학과 역사의 구분이었으며, 그것은 활자로 인쇄된 책 가운데에서 '문학'을 가려내는 작업이었기 때문이다.

이때 '문학'으로 가려낸 언어, 곧 책들은 인쇄된 종이 위에서 전개되는 불완전하고 신비스러운 현실의 책들이다. 이성적인 판단, 경험적인 해석 너머의 세계가 그 튼튼한 활자 텍스트의 구조와 조직 속에서 펼쳐진다. 활자 문화 이전에는 구전되거나 구술을 통해 필사되던 '문학적 언어'들이 활자와 만나면서 비로소 '문학'으로 양식화된다. 활자의 조직 안에서 복잡하고 모호하며 미묘할 수밖에 없는 인간과 세계의 알 수 없는 깊이가 모두 '문학'으로 흡수되며, 문학 자체를 구조화한다. 활자가 정보 통신의 지배적인 양식으로 남아 있는 한 지식은 복잡하고 모호하며 추상적일 수밖에 없고, 이에 대한 해석 또한 불확실하고 다양할 수밖에 없다. 문학은 바로 이러한 바탕 위에서 승인되고 수용되며 발전했다. 그러나 그 수용과 발전은 이제 서서히 심각한 도전과 만난다.

오늘날 우리 모두는 책읽기라는 고전적 시대의 점진적인 종말을 목격한다. 그것은 특권적인 고급 문학 시대의 종말이며, 에라스무스 시대부터 중산 계급의 세계 질서가 부분적으로 붕괴하는 시기에 이르기까지 지속되어 온 책에 대한 일정한 태도…… 그리고 그와 관련된 교육제도와 가치관의 종말이다.[15]

책읽기의 쇠퇴를 예견하고 있는 이러한 분석이 과연 얼마나 확실한 현실로 정착할 것인지 두려운 마음속에서 문학의 불투명한 운명이 전개된다.

4

동요하는 책의 지위

그러나 책은 여전히 우리 곁에 있다. 이 책이 언제 완전히 사라질 날이 올런지 알 수 없으나, 책의 전통과 그 의미에 대해서는 이 시점에 오히려 진지하게 살펴볼 필요가 있다. 먼저 『책』(한국에서는 『책 죽이기』라는 제목으로 번역됨)이라는 흥미 있는 소설을 쓴 지브코비치Zoran Zivkovic 의 말을 들어 보자.

만일 책이 없었다면 인간의 현재 상태는 어떻게 되었을까? 아마도 5천 년 전, 우리가 처음 세상에 나왔을 때처럼 여전히 비참하고 원시적인 상태에 서 헤매고 있을 것이다. 인간이란 무언가를 기억하기보다는 망각하는 데 더 뛰어난 능력이 있는 자들이니까. 우리가 바로 가까이에서, 제대로 기억 할 수 있도록 사심 없이 도와주고, 또 중요한 것들을 대신 기억해 주지 않았더라면, 인간에게 과연 역사란 것이 존재할 수나 있었을까?[16]

　책이 없었다면 역사도 있을 수 없었다는 진술이다. 그러나 역시 인쇄술의 발달에 가장 큰 영향을 받은 분야는 문학이어서, 18세기에 이르러 인쇄업이 번창하면서 문학 시장이 형성되었고 전문 작가가 등장했다. 출판사 역시 크게 늘어나 한 통계는 1785년 런던의 출판사 숫자가 124개에 달했음을 보고한다. 『18세기 단편선 카탈로그』에 따르면 1710년 9267개의 작품이 발표되었으나 1800년에는 2만 68개로 크게 증가한 것으로 나타나는바, 일종의 인쇄 문화 폭주 시대로 접어들면서 문학이 융성한다. 흥미로운 것은 이로 말미암아 서양 사회가 사회적으로 오히려 일종의 위기감에 쌓였다는 사실이다. 동요되고 있을지언정 여전히 귀족 사회의 잔영을 누리고 있던 사회는 많은 교양인들, 문화인들이 배출되는 현상에 두려움을 갖고 있었던 것이다. 독서량의 증가는 그리하여 기득권층에 위험과 부담으로 느껴졌다. 따라서 지나친 독서가 건강에 좋지 않다는 등 교묘한 독서 방해 분위기가 독서 조장 현상과 기묘하게 맞물리는 형상이 연출되기도 했다.

　이런 가운데에도 인쇄물과 독서는 계속 확산되었다. 독서란 책읽기인데, 책을 읽는 행위란 본질적으로 내면으로의 침잠이라고 할 수 있는바, 이를 통해서 이른바 근대적 자아가 형성된다. 사람들은 정치적·사회적·경제적 조건과 비교적 무관한 자리에서 자신의 내면을 가꾸어 가는데, 그 끝에서는 결국 독립되고 분리된 한 개인을 만나게 된다. 활자/인쇄 문화 이전의 문화, 즉 구술/구전/구비 문화 시대의 생활이 부족적인 결속이 분화되지 않은 삶이었던 데 반해 인쇄술의 책읽기 사회에서 사람들은 각 개인으로 분화되는 모습을 경험하게 된다. 근대 문학의 첫 출발이 낭만주의라는 것은 역사적으로도 불가피한 현상으로 이해될 수 있다. 오늘날 누구나 승인하고, 또 잘 알고 있는 낭만주의의 본질을 이와 관련해서 다시 환기해 보자.

많은 이론가들이 끊임없이 확인하고 있는 그 본질은 꿈, 동경, 환상이다. 그것들은 가령 그 이전의 계몽주의 시대까지만 하더라도 그 실체가 발견되지 못했을 뿐 아니라 인간의 삶과 무관한 혹은 불필요한 요소로 백안시 내지 배제되었던 이름들이다. 그러나 낭만주의는 인간 속에 그토록 오래 잠재되어 있던 이 요소들을 끄집어냈을 뿐 아니라, 이것들이야말로 인간을 가장 인간되게 하는 핵심적인 요소들이라고 규정했다. 다음은 낭만주의 이론의 대가 H. 코르프의 견해다.

낭만주의 문학은 차원 높은 동화 문학일 따름이다. 낭만주의는 환상의 문학이며, 독일어의 '문학'Dichtung이라는 낱말이 표방하는 원래의 의미대로 '꿈꾸기'이다. (……) 여기서 발생한 결정적인 변화가 바로 낭만적 환상으로의 전환이다. 자연의 내부로 들어갈 수 있는 것은 이성이 아니라 예감의 기능을 지닌 환상이기 때문이다. (……) 말하자면 밝은 햇빛을 받으며 지구 둘레를 맴돌던 사람들이 지구의 내부로 뚫고 들어가는 것이다.[17]

활자/인쇄 문화의 발달로 눈에 보이지 않는 인간 내면의 세계에 대한 관심이 한 시대의 시대정신으로 떠오르면서 문학을 발전시켰다는 사실은 얼핏 보아 다소 역설적으로 들린다. 그러나 인간의 내면이 복잡 다양하고 애매모호하므로 정교한 문체를 통해서만 표현할 수 있는 세계라는 점을 고려할 때, 그것은 안정된 활자 텍스트 안에서만 수행될 수 있다는 견해는 타당할 수밖에 없다. 생각해 보자, 흩어져 버리는 가루를 통도 없는 공기 속에 가두어 둘 수 있겠는지를! 불확실한 인간 내면은 그리하여 활자 텍스트, 즉 책을 통해 비로소 확실한 윤곽을 얻을 수 있었고, 이때부터 문학은 '불확실한 세계의 질서화'라는 중요한 개념을 그 내부에 깔게 되었다. 문학에서 가장 첨예하게 나타나는 이 같은 책읽기, 혹은 책의 기능은 신비화되거나 신성시되는 상황을 누리기도 했다. 책과 관련된 많은 에피소드를 담고 있는 『책의 역사』 Historie de Livre 속에는 도서관에서 오히려 현실을 발견한 몽테뉴, 눈이 멀 때까지 책을 읽은 밀턴 등의 이야기가 들어 있다. 책의 성채라고 할 수 있는 도서관은 나라마다 그 나라 문화의 척도로 자리 잡았다.

　낭만주의의 내면 집중 이후에도 책과 문학은 손을 잡고 더 큰 산을 이루며 그 산을 넘어 왔다. 그 산은 리얼리즘이라는 이름의 산맥이었다. 19세기를 맞으면서 불어닥친 무신론과 반형이상학의 거센 바람은 내면의 한 개인 대신, 사회라는 광장의 에토스를 중시했는데, 리얼리즘에 의해 동화와 시 중심의 문학 장르가 그랜드 로망을 담은 소설 중심으로 대형화함으로써 책의 규모 또한 방대해졌다. 책의 독자 역시 그 저변이 넓어지면서 엘리트 중심 사회가 자연스럽게 대중 중심으로 확대되면서 문명의 한 전환점을 만나게 된다. 슈펭글러 같은 이는 『서구의 몰락』을 통해 천재적 엘리트 계층의 와해를 안타까워했고, 오르테가 이 가세트도 그의 저서 『대중의 반역』에서 대중의 대두를 경계했다. 이런 와중에 책은 이제 식자층의 교양물이나 내성적 문학의 범주를 뛰어넘어 거의 모든 사람에게 생필품으로 다가왔다. 그 생필품의 현장으로서 단행본 외에 신문, 잡지, 그리고 20세기 후반 이후 급증한 광고물 등과 정치를 비롯한 각양의 단체와 조직에서 이용되는 선전·홍보물 등을 예거할 수 있을 것이다. 이러한 활자 문화는 디지털의 인터넷 영상 문화가 대두했음에도 불구하고 오늘의 현실에 복잡한 양상으로 혼재한다.

책과 책읽기의 쇠퇴 현상은 이미 물리적인 측면에서도 가시화되고 있다. 1870년 이후에 만들어진 것으로 알려진 펄프 종이는 시간이 경과함에 따라 분해됨으로써* 책도 서서히 삭아 버리는데, 이 경우 특히 곳곳에 산재한 도서관은 낡은 파지 더미 외에 다른 아무것도 아닌 게 될 것이다. 산화 방지 시스템에 의한 종이, 마이크로필름, e-book 등이 새로운 대책으로 이미 등장했으나, 활자 인쇄와 짝을 이루는 종이의 운명이 예전 같지 않은 것은 사실이다. 도서관이 많고, 그 시설이 좋은 이른바 선진국의 경우도 지금까지의 운영 형태가 심각한 도전에 직면한 것으로 보인다. 가령 미국 예일대학 스털링 기념 도서관의 경우, 1987년의 통계에 따르면 3만 6500권 이상의 책들 가운데 37퍼센

---

* 잉크의 착지를 돕는 알륨로신은 수분과 만나면서 펄프 섬유질 조직을 와해하는 산을 만든다고 한다.

트가 부서지기 일보 직전인데다가 83퍼센트는 이미 산화되었다는 것이다. 벌써 20년 전의 보고이니 지금쯤은 산화는 심하게 이루어지고, 대부분의 책들은 만지면 부서지는 상태가 되었을 것으로 생각된다. 책에 대한 우호적인 환경의 약화는 경제적인 측면에서도 제기된다. 책 제작 비용과 도서관 관리 비용이, 그것들이 과거 단순노동을 통해 소기업으로 운영될 때의 상황을 비웃듯이 엄청나게 상승한 것이다. 또한 엘리트 계층의 인력들이 여기에 종사하게 됨으로써 사회 비용이 늘어나 책의 단가 역시 크게 높아졌다. 세금 혜택도 별무한데다가 무엇보다 서점 환경이 크게 악화되었다. 주된 무대가 인터넷 서점으로 옮겨져 일견 독자들로서는 보다 손쉽게 책을 사게 된 것 같지만, 소형 다수 형태의 서점을 통한 친근한 접근은 더 이상 가능하지 않게 되었다. 그러나 전통적인 의미에서의 이 같은 결핍 맞은편에서 기이한 과잉 현상이 일어나는 것도 주목할 만하다. 마이크로필름과 디스켓 등의 변형된 형태와 온갖 영상 문화 속에서 책의 발매량과 판매량 자체는 오히려 증가하고 있는데,* 이것이 책과 문학의 쇠퇴에 대한 반증이라고 볼 수는 없다는 점에 사태의 미묘함이 있고, 문학을 좋아하는 작가와 비평가, 그리고 독자들이 주의 깊게 살펴보아야 할 문제의 핵심이다.

책과 문학의 쇠퇴 혹은 소멸은 마치 A. 헉슬리의 『멋진 신세계』에 나오듯이 셰익스피어의 작품 한 권만 달랑 남고 모든 책들이 지구상

---

* 미국 출판사의 총소득은 1970년 30억, 1980년 70억, 1990년 100억 달러를 기록했다.

에서 사라져 버리는 형태로 오지는 않는다. 만일 그 종말이 온다면 그 모습은 정반대다. 말하자면 너무 많은 책들이 쏟아져 나옴으로써 지식과 정보의 홍수가 터지는데, 이때 지식과 정보는 그 과잉으로 인해 상호 분별력, 판단력을 마비시킨다. 이런 이야기에 귀를 기울여 보자.

세기가 계속 지나갈수록 책의 숫자는 끝없이 증가할 것이다. 그리하여 마침내 우주 전체에 대한 연구가 불가능하듯이 책으로부터 어떤 지식도 얻기 힘들어질 때가 올 것이다…… 결코 멈추지 않을 인쇄기는 거대한 건물을 책으로 채울 것이며, 독자들은 그 책을 열심히 읽는 대신, 어떤 책이 새로운 것이고 어떤 책이 새로운 책이라고 믿어지는가 하는 것을 조사하는 데 모든 시간을 바칠 것이다. …… 결국 학문의 세계 ─ 바로 우리의 세계 ─ 는 책 속에 빠져 익사할 것이다.[18]

우리 주변에서도 이러한 현상은 곳곳에서 목격된다. 『문학의 죽음』의 저자는 학문과 과학의 세계에서는 이미 상당한 정도로 이런 일들이 진행되고 있다면서 미국 대학의 예를 들었다. 하버드대학 의대의 경우에는 교수진들이 많은 논문 출간을 도모하지 않고 오히려 그 숫자를 줄일 수 있는 방법을 모색한다는 것이다. 과학의 경우는 잘 알 수 없으나 문학의 경우는 우리 사회도 벌써 이러한 현상에 진입한 것으로 판단된다. 숱하게 쏟아져 나오는 문학 관련 책자들은 우선 사용과 저장 측면에서도 어려움을 겪을 뿐 아니라, 과잉이 가져오는 자연스러운 반응, 수월성의 저하라는 평가와 만나게 된다. 500여 년 지속된 책의 위상, '활자화된 것은 진리'라는 암묵적인 개연성이 흔들리는 것이다. 영상 문화의 번성에 따라 책은 그 양적 증가에도 불구하고, 아니 그로 인해서 비교 우위의 지위를 상실해 가고 있다. 수천 권의 시집이 출간되는, 시인 숫자 만 명이 넘는 사회가 되었으나 시집은 상대적으로 더 읽히지 않고 시인은 사회의 중심부에서 더욱 밀려난다. 물론 그 자리는 영상 매체의 총아인 TV 탤런트, 개그맨, 가수들이 채우면서 예술의 중심 영역에 대한 가치와 관심 또한 동요하며 이동한다.

5

영상과 만화를 닮다

활자가 많은 동화책보다, 그림이 많은 그림책이 더 많이 쏟아져 나오는 아동문학계의 현실은 활자와 그림의 대결 구도를 흥미 있게 드러내 주는 예화를 제공한다. 그림책은 물론 글자가 많은 동화보다 나이가 어린 유아들을 대상으로 한 것이지만, 언제부터인가 반드시 그렇지만도 않은 양상을 띠고 있다. 최근 사라져 가는 서울의 풍속을 담은 그림책 『나의 사직동』[19]이라는 책이 출간되었는데, 아마도 이러한 사정의 좋은 보기가 될 것이다. 글과 그림이 함께 수록되었으나 그림으로 재현된 사직동 풍경이 남아 있는 전통의 모습이어서 관심을 끌었으며, 이로 인해 그림책 부문에서 유수한 국제적 상을 받기도 했다. 이처럼 그림책은 유소년층을 넘어 성인 일반으로도 그 대상이 확대되고 있다.

책과 문학의 위상 저하는 무엇보다 작가 스스로의 의식을 통해서 의식적/무의식적으로 진행되고 확인된다. 이 글의 모두 부분에서 비교적 상세히 몇몇 작가의 예를 든 바 있으나, 글과 그림(문학과 넓은 의미의 그림 종사자)을 대비시키면서 문학의 퇴행과 그림 예술의 선호를 부각시키는 몇몇 소설을 중심으로 한 예를 구체적으로 살피면서 우리 문학 깊숙이 들어와 있는 의식의 변화를 추적, 확인해 보자.

가령 문체를 통해 문학 현실의 변화를 가장 빨리 민감하게 포착해 내는 일에 능한 소설가 신경숙이 1992년에 발표한 작품 「배드민턴 치는 여자」의 경우, 이 소설에는 글쓰기 좋아하는 꽃집 처녀가 주인공으로 나온다. 그러나 그녀는 바람둥이 사진 기자에게 마음을 빼앗기는데, 이것을 화상에 대한 글쓰기의 패배라는 관점에서 볼 수 있지 않겠는가 하는 견해가 있다.[20] 이 견해에 따르면 소설 속 사진 기자와 주인공 처녀의 관계는 영상 문화와 문학과의 관계를 떠올리게 한다는 것이다. 영상 문화는 미약한 진실성에도 불구하고 오히려 사람들을 미혹하는 힘을 지니고 있는데, 문학마저도 전통적인 내면성, 정체성을 잃어버리고 영상의 환상성에 넘어간다고 개탄된다. 1998년에 출간한 『가짜의 진실, 그 환상』이라는 필자의 졸저는 바로 이러한 상황을 그 제목에서부터 지적해 본 것이다. 「배드민턴 치는 여자」라는 소설에서 사진 기자를 만난 이후 꽃집 처녀의 글쓰기가 중단되는데, 그 언저리의 정황이 다음과 같이 기술된다.

그녀에게 있어서 글을 쓴다는 것은, 그 글 속으로 그녀 자신이 숨는 일이었다. (……) 그녀는 가끔씩 지금보다 나은 환경에서 글을 쓰고 싶다는 설렘을 갖곤 했었다. (……) 그러나 지난 여름 동안은 글을 쓴다는 것, 그런 열망을 가슴속에 품고 있는 것이 더 이상 아무것도 아닌 듯했다. (……) 어느 구석도 더 이상 가로막는 것 없이 터져 있는데, 내 펜 끝이 어디로 가서 숨을 것이며 무엇을 찾아낸단 말인가? 그녀는 갑자기 뭔가를 적어 보는 일에 싫증을 느꼈고, 그래서 그녀는 지난 여름 동안 노트에 아무것도 적지 않았다.[21]

신경숙의 이 소설은 물론 다른 관점에서 보다 중요하게 해석될 수 있는 측면을 지니고 있으나, 글쓰기와 사진 찍기라는 문학 / 영상의 대비를 가능케 하는 면이 있다. 이러한 분석과 추론은 예컨대 소설가 김영하의 작품 「너의 의미」에서도 가능하다. 신인으로 데뷔한 소설가 처녀가 주인공인 이 소설에서 그녀가 사랑하게 된 남성은 영화 조감독. 그러나 그는 진지한 예술가라기보다는 배우나 모델 지망 여성들과 어울려 가벼운 연애를 즐기는 바람둥이다. 여성 작가는 이 바람둥이 조감독에게 진실한 사랑으로 헌신하는 반면, 조감독은 섹스만 즐길 뿐 당혹스러워 한다. 이 소설의 구도 역시 쾌락남과 진실녀의 대비 이상의 의미를 갖는데, 그것이 바로 영상 대 문학의 대립 구조일 수 있다. 섹스에 대한 태도를 보더라도 영화 쪽에 속한 쾌락남은 퇴폐적·자극적이며, 오락이나 스포츠처럼 날렵하고 경쾌하다. 그러나 진실녀의 그것은 진지하고 심각하며 무겁다. 둘의 이러한 특징은 영상 문화와 활자 문화, 즉 화상과 글쓰기의 속성을 상징하는 것으로도 볼 수

있을 것이다

　1985년에 등장한 신경숙과 1995년에 등장한 김영하를 거치면서, 우리 소설들은 소설 자체가 그림, 즉 회화나 만화, 인터넷 동영상을 방불케 하는 그림 소설들을 신속하게 동반해 왔다. 2000년대 이후 활발한 활동을 하고 있는 일군의 젊은 소설가들, 예컨대 백민석, 박민규, 백가흠, 김애란, 편혜영, 김중혁, 김경욱, 이기호 등등의 작품들은 이미 전통 서사에서 벗어나 소설 자체가 하나의 영상 내지 만화와 같은 공간을 빚어내고 있다. 한 보기를 보자.

　"슈퍼맨의 최후는 어땠나요?"

　"장렬했습니다."

　"둠스데이는 물론 최강의 적이었죠?"

　"최강이었죠."

　"하하."

　"왜 웃는 겁니까?"

　"글쎄요. 영웅이 죽는다는 얘긴 처음이라서."

　"처음이었죠."

　"그때가 언제였는지 기억하십니까?"

　"1992년입니다."

　"물론 현장에 계셨겠죠?"

　"물론입니다."

　"잠깐, 지난번엔 1991년이라 하지 않으셨나요?"

"아닙니다. 그해에 죽은 것은 소련입니다."[22]

짐작은 되지만 여전히 신원이 불분명한 두 사람이 나누는 이러한 대화는 현실 지평의 일인지, 사이버 게임 공간 속의 일인지, 만화 속의 그것인지 확실치가 않다. 그러나 슈퍼맨, 둠스데이(DC 코믹스의 만화 〈슈퍼맨〉에 나오는 슈퍼맨의 적: 필자 주) 등의 등장인물들이 나누는 대화 내용으로 미루어 볼 때, 이 대화를 깔고 있는 장면은 만화에 가깝다. 1995년 백민석이 『헤이, 우리 소풍 간다』는 장편을 통해 소설의 만화화를 시도한 이후 이러한 분위기는 최근 젊은 소설들을 거의 지배하고 있다. 만화의 종주국 일본의 영향을 많이 받고 있는 한국은 소설에서도 그 영향이 적지 않아서 만화의 내용을 이루고 있는 폭력과 섹스가 소설 속에 강하게 스며들어 있다. 일본 만화 속 독버섯처럼 피어나 있는 마약의 문제만 제외한다면 우리 소설에서는 섹스와 폭력, 엽기, 그리고 이들이 혼합해서 만들어 내는 자학과 공포가 회화적인 분위기를 타고 어두운 화상을 빚어낸다.*

그리하여 지금까지 그 이름조차 잘 알려지지 않았던 팩션이며 칙릿**, 판타지, SF 등의 소설들이 진주하면서 장르 문학(혹은 장르 소설)이라는 새로운 분야가 탄생하는 미묘한 문학 세대가 형성된다. 이 현

---

* 이러한 분위기는 비단 소설만이 아니다. 가령 시에서 황병승, 김민정, 김경주 등이 벌이는 그 섬찟한 화상은 김기덕, 박찬욱 등의 영화가 보여주는 검은 영상을 따르고 있다.
** Chick Lit(Chick+literature): 젊은 여성을 겨냥한 영미권 소설들을 가리키는 신조어.

상들은 결국 활자 문학에서 영상 문학으로의 이동에 따른 놀라운 변화임이 분명하다.

　물론 영상 문학이라고 해도 글자 그대로 활자가 완전히 추방된, 화상만의 세계는 아니다. 활자 자체가 추방되거나 변형되는 것이 아니라, 그 구조와 조직이 변형, 왜곡됨으로써 전통적인 문법과 문체가 달라지고 있다는 점을 변화의 포인트로 바라보아야 할 것이다. 여기에 초점을 맞추어 본다면 전통적인 문법이 동요하고, 문체는 이완되며, 급기야 서사가 약화되거나 소멸되는 상황이 초래된다. 「배드민턴 치는 여자」나 「너의 의미」는 소설의 내용, 즉 메시지를 통해서 이러한 현실을 드러내며, 박민규와 백민석의 소설들은 구성과 문체가 이미 서사적 문법에서 일탈해 만화를 닮는다. 그리하여 소설 전체가 내면적인 발전의 구조가 아닌, 일종의 이미지 화면을 형성하는 것이다. 결국 활자 문학에서 영상 문학으로의 변화란 활자와 인쇄를 통한 문자 자체의 소멸과 철폐라기보다 영상／화상으로의 활자／문자의 흡수를 의미한다. 따라서 문학은 문자의 오랜 전통 논리를 따르지 않고 영상의 새로운 논리를 따른다. 영상의 논리란 무엇인가? 원근과 시간이 동시에 폭발하는 폭발성, 폭발한 것은 그대로 날아가 버리는 휘발성, 폭발과 휘발 앞에서 멋있게 부서져 버리는 파편성 등등이 눈부시다.

　전통적인 조선조 문학의 본질과 덕목이었던 예禮와 의義, 그리고 종교적 숭고함과 같은 요소는 말할 것도 없고, 개인의 인격적인 완성 추구와 윤리 문제를 갖고 고민했던 1960년대 이후의 문학적 가치는 더 이상 아름다움으로 존중되지 않는 상황이 되었다. "문학에 대한 생각도 저희 세대는 많이 다른 것 같아요. 저는 소설 쓰는 일이 굉장히 숭고하거나 숙명적인 일이라고는 생각하지 않아요"²³라고 공언하는 새로운 현실이 다가온 것이다.

6

장르 문학의 등장

이와 관련해서 최근 관심의 대상이 되고 있는 이른바 장르 문학에 대해 살펴볼 필요가 있을 것 같다. 본격적인 논의는 다음 장으로 미루더라도, 여기서 주목해야 할 점은 이 문제가 영상 문화와 직접적인 영향 관계에 있다는 사실이다. 장르 문학이란 아직 그 개념이 완전히 정립되어 있지 않은 분야다. 그럼에도 불구하고 영화와 같은 영상 매체, 또는 이에 경도된 문학에 의해 애호되고 있는 이 문학에 대해서는 애호가들의 입을 통해 직접 그 내용을 들어 보는 것이 좋을 것 같다.

우선 장르 문학에 대한 정의를 해야 할 필요가 있을 듯합니다. (……) 그런 제도에 의해 장르 문학은 비주류 문학, 주변 문학으로서 자리매김되는 건데요. 사실 하이텔 등의 SF 동호회를 가보면 그들끼리 단결력도 강하고 일종의 게토라는 느낌이 강하게 들지요. 그렇지만 저는 어찌 보면 문학 전체가 모두 어느 정도는 장르 문학적인 속성을 가지고 있고, 그런 특성이 잘 드러나지 않는 문학이 이른바 본격 문학으로 불리는 게 아닌가 하는 생각을 하고 있습니다. 역사, 추리, 호러 등등의 장르적인 속성이 느슨하게 드러나거나 장르적 규칙들이 복잡하게 섞여 있는 식으로 말이죠.[24]

소장 소설가 김영하의 말인데, 그는 장르 문학을 본격 문학과 구별하면서, 그러나 사실상 양자는 섞여 있기 일쑤라고 주장한다. 아닌 게 아니라 그의 소설에서는 그러한 색채가 강하게 느껴지기도 한다. 전통 문학의 관습 아래서 출발한 그는, 그러나 곧 전통 문학의 혈맥에 전혀 다른 영상 문화적 요소를 혼류시키면서 피의 색깔을 미묘하게 만들었다. 평론가 백지연이 지적하는 그 색깔은 악마적 탐미주의, 에로티시즘, 나르시시즘, 급진적 허무주의, 댄디즘, 키치, 물질화된 성과 욕망, 변형된 후일담, 멜로와 신파 등등이다. 요컨대 김영하는 영상 문학의 쌍생아라고 할 수 있는 장르 문학을 전통 문학에 접합시키면서 새로운 영역에 도전한 최초의 소설가라고 할 수 있는데, 그의 작품들을 훑어보면 그 실태가 일목요연하게 파악된다. 그는 일찍이 자살자들을 돕는 자살 도우미를 주인공으로 내세운 작품 『나는 나를 파괴할 권리가 있다』 이후 청년 백수들의 좌절과 꿈을 그린 『퀴즈쇼』에 이르기까지 다양한 세계를 넘나들었다. 그렇다면 그가 말하는 장르 문학이란 무엇인가? 간단히 요약하면 역사, 추리, 공포, SF 등 그 주제와 소재가 선명하며 대중적인 장르의 문학 — 대체로 소설 — 을 일컫는다. 이러한 문학은 사실상 이즈음 발생한 것은 아니며, 어떤 의미에서는 새로울 것이 없다. 그럼에도 불구하고 주목되는 것은 이들이 대중 문학이라는 문학비평적, 문학사적 폄하의 그늘에서 벗어나 오히려 주류로의 편입을 위한 목소리를 높이고 있기 때문이다.

이들의 높아진 위상이 영상 문화와 직접 관계된다는 사실은 이제 의심할 여지가 없다. 인터넷이라는 폭발적인 대중 매체에 의지함으로써 수적으로 압도적인 우세 속에 대중을 장악할 수 있게 되었기 때문이다. 그리하여 마침내 이렇게 발언한다.

또한 독립된 특성을 지니고 있는 인터넷 소설에 대하여 기존의 장르에 적용하던 잣대를 들이대며 질적 수준을 따지는 것은 바람직한 방향이라고 볼 수 없다. 예를 들어 짧은 시간 안에 독자들에게 의미를 전달해야 하는 인터넷 소설에서 단편 소설에서나 찾아볼 수 있는 절제된 표현이나 함축적인 문장의 미덕을 찾는 것은 적절하지 못하다고 할 수 있다. (……) 누구나 자신의 목소리를 쉽게 낼 수 있는 온라인이란 공간을 통해서 이미 판도라의 상자는 열렸다. 급하게 상자를 닫아도 돌이킬 수는 없다. 이제 남아 있는 작업은 그 안에 남아 있는 희망을 찾는 일일 것이다.[25]

'각인'刻印의 시대는 지나가고 '명멸'明滅의 시대가 온 것이다. 그렇다면 각인과 명멸은 영원히 만나지 못할 것인가. 인용 후자는 그 불가능성을 진단하고 있지만, 인용 전자는 양자가 이미 내접하고 있음을 고백한다. 새로운 매체 문학의 독립적인 희망보다 양자의 통합적인 희망을 기대하는 것은 문학이라는 양식이 걸어온 역사적인 자취와 그 정신적인 성과 및 업적이 엄청나기 때문이다. 양자의 분리와 새로운 전망은 포기할 수 없는 것이다.

  그렇다면 이 같은 김영하의 소설들을 영상 문학이라고 부를 수 있을 것인가. 이 시점에서 영상 문학은 대체로 두 가지 범주로 생각될 수 있을 것으로 보인다. 그 하나는 김영하의 소설처럼 영상 문화의 압도적인 영향 아래 영상 문화적 요소가 짙게 드리운 경우다. 다른 하나는 뒤에 본격적으로 살피겠지만 아예 영상 문학이라고 부르는 편이 타당해 보이는 별도의 장르 문학이다. 나로서는 바로 이 장르 문학을 영상 문학의 대표적인 범례로 生각하고, 영상 문화적 요소를 지닌 문학을 또 다른 범주로 구별해서 살펴보고자 한다.

주

1 다니엘 벨, 서규환 옮김, 『정보화 사회와 문화의 미래』(디자인하우스, 1995), 56쪽.

2 마샬 맥루한, 박정규 옮김, 『미디어의 이해』(커뮤니케이션북스, 2007), 7쪽.

3 앞의 책, 8~9쪽.

4 이남호, 『문자제국 쇠망약사』(생각의나무, 2004), 7~8쪽.

5 김주연, 『가짜의 진실, 그 환상』(문학과지성사, 1998), 5쪽.

6 앞의 책, 201쪽.

7 앞의 책, 217~218쪽.

8 앞의 책, 260~264쪽.

9 이원, 『야후!의 강물에 천 개의 달이 뜬다』(문학과지성사, 2001), 50쪽.

10 T. W. 아도르노, 김주연 편역, 『아도르노의 문학이론』(민음사, 1985), 70쪽.

11 이원, 앞의 책, 42쪽.

12 엘리자베스 L. 아이젠슈타인, 전영표 옮김, 『근대 유럽의 인쇄미디어 혁명』(커뮤니케이션북스, 2008), 3쪽.

13 앨빈 커넌, 최인자 옮김, 『문학의 죽음』(문학동네, 1999), 178쪽.

14 앞의 책, 183~185쪽.

15 앞의 책, 186쪽.

16 조란 지브코비치, 유향란 옮김, 『책 죽이기』(문이당, 2004), 14쪽.

17 H. 코르프, 김광규 옮김, 「낭만주의의 본질」, 『문예사조』(김용직 외, 문학과지성사, 1977), 94~97쪽. 일부 문장은 필자가 약간 고쳐서 번역했음.

18 앨빈 커넌, 최인자 옮김, 앞의 책, 192쪽.

19 김서정 글, 한성옥 그림(보림, 2003).

20 이남호, 앞의 책, 134~137쪽.

21 신경숙, 「배드민턴 치는 여자」, 『풍금이 있던 자리』(문학과지성사, 2003), 154~155쪽.

22 박민규, 『지구영웅전설』(문학동네, 2003), 9쪽.

23 이기호, 「거창한 문학은 그만!」, 『조선일보』, 2007. 6. 20.

24 『문학과 사회』(2004년 가을호), 1133쪽.

25 같은 책, 1130쪽.

2장

영상과 해체의 시

경계 와해의 환상

I

해체되는 시

영상 문화의 파동은 문학에서 우선 시를 강타하고 있다. 그 모습은 1장에서 이원의 시들을 통해 이미 확인한 바 있다. 40세의 여성 시인 이원의 「나는 클릭한다 고로 존재한다」나 「야후!의 강물에 천 개의 달이 뜬다」 같은 시들은 잘 알려져 있듯이 '나는 생각한다 고로 존재한다'라는 오랜 명제를 전폭적으로 패러디한다. 어린이부터 노인네들에 이르기까지 말하자면 거의 모든 사람에게 주어져 있는, 그래서 이름마저 '개인 컴퓨터'인 PC의 보급으로 인해 '생각'은 '클릭'으로 대체되었다. 그러니까 깊은 생각 대신 손가락으로 클릭하면 세상이 펼쳐지는 컴퓨터 화면만을 상대하는 현대인의 모습이 거기에 있는 것이다. 그것이 데스크탑이든 노트북이든 그 화면만 존재하면 '나'는 존재한다. 이러한 진술은 시에 앞서 현실 그 자체다. 흥미롭다면 그 현실을

옮겨 그것을 시라고 공개하는 시인의 태도다. 연배로 보아 아날로그
와 디지털 양쪽에 걸쳐 있는, 그러나 아무래도 디지털에 훨씬 가까운
시인이 디지털 문화에 거부의 몸짓을 보여주고 있어 주목되는데, 그
는 영상 문학으로 옮겨 가고 있는 문학의 현장을 '사막'으로까지 표현
한다. 그의 시집 『야후!의 강물에 천개의 달이 뜬다』는 온통 이 사막에
대한 고발과 그 속에서 살아갈 수밖에 없는 슬픔, 그리고 무엇보다 그
사막에서 작동하고 있는 구체적인 디지털 문화의 현황을 생생하게 그
린다. 몇 가지 양태를 시에서 직접 채취해 보자.

몸이 열리고 닫힌다

몸 속에 웹 브라우저를 내장하게 되었어. 야금야금 제 속을 파먹어 들어가
는 달. 신이 몸 속에 살게 되었어. (……) 몸 속이 점점 비좁아지고 있어. 십
계명을 새긴 돌이 자궁 속을 굴러다니고 있어. 사막을 건너 아버지가 찾아
와. (……) 방금 니가 날 검색했잖니. 서른닢의 은전도 받지 않고. (……) 몸
은 구멍투성이야. 신들의 취미는 피어싱. 구멍은 신들의 수유구 아니면 주
유구. 세상은 구멍이야. 만개하는 몸이야. 열리고 닫히는 몸[1]

접속

목련 꽃잎들이 짓이겨진 3월의 목요일
식칼

밧줄

헬멧

의료용 붕대

백열등

해부학 교본

타일

나사못

3cc 주사기

밀폐 용기

를 샀다. 이미지만 샀다.[2]

사이보그 1

－외출 프로그램

텔레비전의 플러그를 빼고, 오디오의 플러그를 빼고, 가습기의 플러그를 빼고, 스탠드의 플러그를 빼고, 냉장고의 플러그를 한 번 더 꽉 꽂고, (……) 가방을 들다 외출 시스템의 입력 오류를 범한 것을 인식하고, 재부팅을 시작합니다.[3]

웹브라우저는 컴퓨터를 열고 인터넷을 시작하면 만나게 되는, 말하자면 프로그램이 내장된 세계다. 시인은 그 세계가 우리 몸속에 들어와 있다고 말함으로써 컴퓨터와 우리 몸이 이미 하나가 되었음을 보고한다. 벌써 10여 년 전 한 여성 시인이 컴퓨터와 섹스를 할 수 있으면 좋겠다고 진술한 이후, 이제 이 일은 희망이나 가정이 아닌 현실이된 것이다. 이렇듯 컴퓨터, 그리고 인터넷 안에서 모든 일이 이루어지는 현실을 빗대어 시인은 "신이 몸 속에 살게 되었"다고 말한다. 이 현실 속에서 지켜야 할 경건한 율법으로서의 십계명과 현실적인 욕망의현장인 자궁은 함께 붙어서 숨 쉬고 생활한다. 그것이 컴퓨터이고 인터넷이며 웹브라우저다. 클릭 한 번으로 검색되며 열리는 이 영상의세계에 "접속"만 하면 "식칼"도 "헬멧"도, "해부학 교본"도 동시에 모두 가질 수 있다. 아뿔싸! 그러나 그것은 모두 '이미지'뿐이다. 영상으로 이루어지는 이 같은 가상, 즉 사이버 사물과 사이버 세계는 마침내'사이보그'라는 가상의 인간을 만들어 낸다. 인조인간인 사이보그는사람과 똑같이 움직이며 생활할 수 있지만, 그러나 플러그의 작동 여부, 즉 에너지의 공급과 밀접한 관계를 지닌 허위의 성이며, 허위의 상이다. 일찍이(2001년) 이 문제를 민감한 시의 대상으로 삼은 시인은 영상의 현실을 사막이라고 쓸쓸해 하면서 비판의 눈을 꽂는다. 그러나불과 몇 년 지나지 않아 이원의 사막에서도 꽃이 피기 시작했다. 글쎄,사이버 꽃이라고 할까. 예컨대 김선우 시인은 이런 꽃을 만든다.

내 고향은 검은 염소와 자운영 꽃밭, 갈 곳 없는 노을이 나를 낳았대요 꽃과 혼혈이어서 나는 손톱이 조그맣구요 여섯 개의 꽃잎 손으로 무른 밥을먹지요 목마르면 검은 엄마의 젖을 빨구요 뿔에 걸린 달님을 조금씩 부스

려뜨렸어요 그때마다 젖니가 빠지고 쌍꺼풀이 커다래져서 친구들은 금세 나를 잊었지만, 괜찮아요 내 고향은 검은 염소와 자운영 꽃밭이니까요[4]

염소는 이를테면 가짜 양이다. 양은 창세기 시절부터 인간의 죄를 대신해서 번제燔祭의 제물이 된 동물이며, 속죄양이란 마침내 예수 그리스도를 일컫지만 염소는 비슷한 모습으로 우리의 눈을 현혹시키는 사이버 양이다. 아도르노도 양의 모습을 한 염소를 경계하지 않았던가. 그 염소에 시인 김선우는 "검은" 색깔을 덧씌워 염소의 사이버성을 강화시킨다. 양이 초식성이며 온순한 데 반해 육식의 체질이 강하며 수염이 있는데다가 활동적인 염소는, 말하자면 순한 체하는 모습으로 거친 행보를 하는 사이버 양으로 등장하기 일쑤다. 다른 한편 자운영 꽃밭은 참으로 아름다운 꽃밭이다. 시인이 시적 자아를 통해 자신이 이 둘 사이의 혼혈임을 고백하는 것은 의미심장하다. 이 고백은 시인 스스로의 기질/체질에 대한 진술이기도 하며, 활자 문학/아날로그에서 영상 문학/디지털로의 이행과 공존을 보여주는 양태에 대한 진술로도 읽힌다. 이 혼혈은 아날로그 시대의 서정시인답게 손톱도 작고, 엄마의 젖도 빨아먹지만, 그 엄마는 "검은" 엄마이며 젖니는 빠져 버렸다. 디지털 쪽으로 삽시간에 옮겨 온 것이다. 무엇보다 "뿔에 걸린 달님"이 상황을 고스란히 드러내 준다. 달은 서정시의 전통적인 표상인데, 그 달이 그만 사이버 양인 거친 염소 뿔에 걸려 있는 것이다. 이 상황은 그림이다. 같은 범주에 있을 수 없는 염소 뿔과 달이 한 범주 안에서 그려지는 것은, 원근법이 허락된 그림의 평면에서 가능한 것이다. 요컨대 이 시는 활자 문학의 서정성이 사라져 감을 아쉬워하면서도 영상 문학의 현실을 승인하지 않을 수 없음을 토로한다. 그것은 어쩌면 시대의 불가피한 운명일지 모른다.

검은 염소의 배 밑에 붙어 보랏빛을 마시는 보랏빛, 까르륵대며 종알종알 뛰어다닌다 그런데 언니도 혼혈이에요? 갈 곳 없는 노을이 언니를 낳아 버렸어요? 괜찮아요 울지 마요 내가 다시 낳아 줄게요 쉬잇, 이번엔 버리지 않을게요

그런데, 혼혈이 아닌 목숨도 있나요?[5]

그럴지도 모른다. 혼혈 아닌, 잡종 아닌 생명이나 존재는 아마도 없을 것이다. 무성 생식이나 단성 생식이 아닌 한, 순수의 순수한 증식이란 이론으로만 가능할 것이다. 그렇다 하더라도 여기서는 "혼혈이 아닌 목숨도 있나요?"라는 질문이 조금쯤은 서글픈 변명으로 들린다. 어쩔 것인가. 이미 영상 시대의 사이버 문학 안으로 시가 들어와 버린 것을.

사이버 영상 문학의 대두는 김선우의 이러한 혼혈론을 거치면서 점차 움직일 수 없는 현실로 정착해 간다. 그렇다면 어차피 활자를 버릴 수 없는 상황에서의 영상 문학이란 시에서 어떤 형태로 나타나는가. 그 가장 현저한 현상은 활자 문학의 전통적인 문맥과 문법의 해체다. 해체는 널리 알려져 있듯이 데리다를 중심으로 하는 포스트모더니즘

의 핵심 현상인데, 그것은 사물과 현상을 어느 한 가지 분명한 개념으로 설명할 수 없다는 인식이며 태도다. 사물과 현상은 그것이 어떤 것이든 이때부터 개념과 정의 바깥으로 튕겨 나와 흐느적거리게 된다. 마치 무중력 상태를 헤엄치듯 부유하며 이완되는 사물들로 인해서 이를 반영하는 언어의 조직 또한 흐트러지게 된다. 텍스트 또한 그 정체성이 약화된다. 가령 이렇다.

　당신의 텍스트는 나의 텍스트
　나의 텍스트는 당신의 텍스트
　당신의 텍스트는 텍스트의 나
　나의 당신의 텍스트는 텍스트
　나의 텍스트는 텍스트의 당신
　텍스트의 당신은 텍스트의 나
　당신의 나는 텍스트의 텍스트
　텍스트의 나는 텍스트의 당신
　당신의 나의 텍스트는 텍스트
　나의 당신은 텍스트의 텍스트[6]

　나와 당신, 나와 텍스트, 당신과 텍스트, 텍스트와 텍스트 사이의 모든 관계가 해체되어 버림으로써 그 관계를 보고하는 시는 이렇게 풀어져 버린다. 도무지 이들을 설명하거나 규정할 수 없게 된 것이다. 무엇을 무엇이라고 말하는 등호(=)가 성립하지 못하는 것이다. 이 어처

구니없는 현상의 배후에 있는 포스트모더니즘은 그렇다면 이와 관련해서 어떤 말을 하는가.

2

포스트모더니즘의 미망

여기서 데리다의 이론과 포스트모더니즘에 대해 간략하게 살펴볼 필요가 있을 것 같다. 자크 데리다Jacques Derrida(1930~2004)는 오늘날 해체론의 대표적인 이론가로 받아들여지고 있는바, 다소 난해한 그의 이론을 요약하면 대략 다음과 같다. 먼저, 그 자신의 글이다.

(······) 로고스의 층위는 경험의 '보다 일반적인 구조' 안에 포함되어 있다. 언어 안에서는 순수하게 언어적인 것과 경험을 이루는 여타의 섬유들이 서로 얽혀 있고 이 얽힘Verwebung은 하나의 직물을 이루고 있다. 얽힘이란 말은 직물이라는 은유의 영역을 지시한다. 즉 층위들은 서로 '짜여' 있고 그 씨줄과 날줄을 식별할 수 없을 정도로 혼합되어 있다. 만일 로고스의 층 위가 단순히 '정초'되어 있다면, 우리는 그것을 걷어 내고 그 밑에 자리 잡

은 비표현적 행위와 내용의 층위가 나타나도록 만들 수 있을 것이다. 그렇지만 이 상층 구조가 역으로 본질적이고도 결정적인 방식으로 하위층에 작용하기 때문에 그것을 서술하기 위해서는 지리학적 은유에 텍스트의 은유를 연계시키지 않을 수 없다. 왜냐하면 직물은 '텍스트'를 말하기 때문이다. Verweben은 여기서 textere를 의미한다.[7]

그리고 독서는 언제나 작가에 의해 의식되지 않은 어떤 특정한 관계를 겨냥해야 한다. 작가가 스스로 사용하는 언어의 도식틀 안에서 그가 통제하는 것과 통제하지 못하는 것 사이의 관계가 문제이다. 이 관계는 빛의 음영, 힘의 강약에 대한 어떤 양적 분배가 아니라 비판적 독서가 '생산'해야 하는 의미화 구조이다. (……) 물론 독서는 텍스트를 중복하는 것으로 만족하지 말아야 한다. 하지만 독서는 텍스트를 넘어 그것과 다른 어떤 것으로, 어떤 지시 대상(형이상학적, 역사적, 심리학적 및 자전적 실재 등등)으로, 혹은 그 내용이 언어 밖에서 성립했거나 성립했을 수도 있을 텍스트 밖의 기의 (초월적 기의)로, 다시 말해서 기록 일반의 바깥으로 정당하게 초과해 갈 수 없다. (……) 텍스트의 바깥은 없다.[8]

언제나 자연적 총체성을 지시하는 책의 관념은 글쓰기의 의미에 대하여 대단히 이질적이다. 그것은 쓰기의 일탈과 경구적 에너지에 반하여, 나아가 차이 일반에 반하여 신학과 로고스 중심주의를 지키는 백과사전적 보호막이다. 만일 우리가 책으로부터 텍스트를 구분한다면, 오늘날 도처에서 천명되고 있는 책의 파괴는 텍스트의 표면을 노출시키고 있다고 말할

수 있다.[9]

　이 인용들은 데리다의 문학론을 밝히고자 하는 김상환 교수의 입장에서 발췌, 번역된 글들이다. 데리다의 텍스트 개념, 그것도 주로 현상학적 텍스트 개념과의 비교라는 관점에서 조준된 것이다. 그러나 이 인용의 내용을 이해한다면 데리다 이해의 본질에 접근하는 것이 사실이다. 이를 위해서는 먼저 현상학, 그것도 인가르덴Roman Ingarden의 층이론을 간단히 짚고 넘어갈 필요가 있겠다. 무엇보다 해체론은 데리다 훨씬 이전, 그러니까 멀리는 니체, 그리고 20세기에 들어와서는 저 현상학부터 그 씨가 발원하고 있음을 알아 두자. 데리다는 이러한 계보의 끝에 서 있는 가장 격렬한 예라고 이해하는 것이 좋을 것이다. 그 사이에 후설, 인가르덴, 하이데거, 사르트르 등이 있다고 할 수 있겠는데, 그중에서도 인가르덴의 층이론이 여기서 중요하다. 이 이론은 다층으로 이루어진 의미와 대상의 발생 이론인데, 첫째로 가장 상위에는 언어로 이루어진 표지층標識層이 있다. 경험적/심리적 요인과 결부된 이 상위층은 우리가 의미를 주는 표현의 세계다. 그 아래층은 선험적인 특징을 지닌 넓은 의미의 '주어진' 표현층이다. 그 다음 세 번째에는 재현된 대상이라는 층이 있고, 제일 밑바닥에 '도식의 층'으로 불리는 '미결정의 반점'이라는 층이 있다. 말하자면 무엇이라고 부를 수 없는 미결정의 어떤 소용돌이로부터 문학 작품의 의미와 표현을 결정짓는 일종의 작업이 시작되고 이루어진다는 것이다.

　데리다는 바로 이 층이론이 가설적으로 지니고 있는 체계와 질서

사이로 파고들어 그것을 부수어 버린다. 그 층위들은 그저 질서를 지키면서 가만히만 있겠는가 하는 의문으로부터 데리다의 개입이 나타난다. 네 층위는 오히려 서로 얽혀 있다고 보는 것이 바로 인용 7(70쪽 미주 7)의 내용이다. 특히 데리다는 맨 아래층, '미결정의 반점'이라는 점에 주목하고, 미지의 소용돌이일 수밖에 없는 이 반점이 서로 뒤얽히면서 생성의 무질서를 통해 어떤 완결된 의미로 나아간다고 본다. 이 생성 과정에 독서가 개입하고, 의미 형성의 과정이 수행된다. 인용 8(70쪽 미주 8)은 바로 이 독서 행위의 성격에 대한 설명이다. 이즈음에서 우리가 '해체'라고 부르는 결정적인 현상이 발생한다. 김상환에 의하면, 그 현상은 다음과 같은 것이다.

> 문헌과 그 바깥 사이에 성립할 수 있는 모든 지시 관계를 의심하기 때문이고, 그 관계를 구성하는 모든 지시 대상(형이상학적, 역사적, 심리적 실재 등)을 거부하기 때문이다. 즉 텍스트의 바깥은 없다.[10]

소용돌이와 얽힘을 통해 발생한 어떤 의미가 반드시 어떤 특정한 지시 대상과 연결되는 동일성으로 확정될 수는 없다는 것이다. 양자의 관계는 수많은 해석을 통해 무한에 가깝도록 다양할 수 있다는 것이다. 문학 작품 내부뿐 아니라 그 외부의 현존 모두와 연관된 지시 대상에서 이른바 미결정의 반점, 즉 소용돌이를 발견하는데, 그 발견과 생산의 과정을 데리다는 '글쓰기'ecriture라고 부른다. 쓰기는 읽기와 함께 미결정의 반점을 이동시키는 은유 행위이며, 결국 텍스트의 생산 행위에 해당한다.

텍스트는 예전에는 문학 작품과 거의 동의어로 사용되었지만, 데리다에 와서는 이제 대척점에 선다. 작품이 완결되고 닫힌 총체성이라면, 텍스트는 의미화를 향한 열린 동작 전체를 가리키는데, 데리다는 이때 텍스트의 맞은편에 문학 작품을 넣어 책 전반을 위치시킨다. 인용은 이와 관련된다. 또 다른 견해를 들어 본다.

> 데리다의 '해체적' 글쓰기는 바꾸어 말하면 전통적 형이상학을 '전혀 다르게' 읽어 나가는 것이기도 하다. 즉 해체는 기존의 방식과는 '전혀 다른 책 읽기-글쓰기'의 실천이다. (……) 데리다는 어떤 텍스트가 의식적으로 의도하는 부분과 실제로 텍스트를 통해서, 혹은 글쓰기의 작용에 의거해서 실천된 부분 사이의 불일치·긴장·모순의 관계를 추적하고 들추어냄으로써 작가 스스로가 단일하고 매끈한 의미의 표면이라고 믿는 텍스트를 균열시키고 파편화시키며, 그럼으로써 그 텍스트 속에 다양한 의미들을 흩뿌린다.[11]

데리다의 이론에 대한 편역자의 해석인데, 요컨대 데리다는 해체를 통해 기존의 텍스트를 파편화시키고, 그 의미를 다양하게 산포시킨다는 것이다. 그는 이 책에서 어느 대담(앙리 롱스Henni Ronse)을 통해 다음과 같이 중요한 진술을 한다.

H. R.　　이러한 형이상학에 대한 초월이 있을 수 있습니까? 로고스 중심

주의에 문자 중심주의를 대립시킬 수 있는지요? 경계의 실제적 위반이 있을 수 있습니까? 있다면 그 위반적 담론의 조건은 무엇입니까?

데리다 만약 위반이 형이상학을 초월한 어느 지점에 순수, 단순하게 자리 잡는 것을 뜻한다면, 이러한 지점은 그 또한 언어와 글쓰기라는 지점일 것이므로 위반은 존재하지 않습니다. 그런데 침범이나 위반에 있어서조차 우리는 형이상학에 필연적으로 결부되어 있는 약호와 관련되어 있으며 그 결과 모든 위반적 태도는 우리를 경계의 내부에 다시 가두어 놓습니다. (……) 그렇기 때문에 로고스 중심주의에 문자 중심주의를 대립시키거나 일반적으로 어떠한 중심에 다른 중심을 대립시키는 것은 문제 해결에 도움이 되지 않습니다.[12]

로고스 중심주의란 로고스를 진리로 삼는 태도인데, 언어·이성을 의미하는 로고스를 중시하는 하이데거의 담론에 데리다가 근접해 있느냐 하는 질문에 데리다는 이의를 나타냄으로써 경계의 초월/위반 문제에서 독자적인 견해를 피력한다. 그 견해란 우리가 보통 '지금'이라고 부르는 '현존'presence의 가능성을 부인하고, 우리의 '앎', 곧 지식의 기반을 흔듦으로써 실증주의의 견고함은 물론, 현상학의 섬세함에 모두 공격을 가하는 것이다. 그 결과 언어라는 질서는 극도로 불안해지며, 언어의 안정성을 기반으로 하는 문학의 문체가 지닌 고유성도 흔들린다. 의미와 문체가 모두 동요한다. 언어의 역할과 기능에 관심을 가진 데리다였으나 결과적으로 언어의 내부를 교란시킨 것이다. 이러한 태도와 방법은 서술을 통해 서술할 수 없는 것을 암시한다는 포스트모더니즘의 그것과 바로 상통한다. 포스트모더니즘이 모더니즘과 그 연원으로서의 계몽주의를 극복한다는 역사적 당위와 기대에도 불구하고, 전통적 이성의 맞은편에 그 와해 이외의 뚜렷한 표상을 구축하지 못하고 있는 것도 이러한 상황에서 파악된다.

3

'떠다니는 말'의 시

해체는 문학에 앞서 일상생활에서부터 일어나며, 문학은 그것을 그
나름의 세련으로 가속화한다. 이를테면 핸드폰의 문자 메시지에서 이
메일, 메신저로 이어지는 영상 속의 활자들이 벌이는 문법과 문맥의
해체를 예거할 수 있다. 선생님을 '샘'이라고 쓰고, 흑흑흑 하는 울음
의 의성어를 그냥 'ㅎㅎㅎ', 또는 킥킥하는 웃음의 의성어를 'ㅋㅋ'으
로 표기하는 따위가 그것이다. 그리하여 시 속에서 해체는 기묘하게,
기묘할 수 있는 한 기묘하게 발화한다.

여, 자로 끝나는 시

안녕하세여, 어디가세여, 나 몰라라 도망가지 말아여, (……) 기억나세여,

당신의 아버지를 어머니라고 부르곤 했지여, (……) 도대체 누구냐고여,
몇 생 전이던가여, (……) 전 요새 시 다시 쓰고 있어여, 사실은 아무거나
쓰고, 이거 시다, 그러고 있어여, 엊그제께는 이력서에 사진까지 붙이고,
이거 시다, 이거 이력서 아니다, 그랬지여, (……) 다음 생에 볼 수 있음 또
보지, 아님 말지, 여.[13]

너와 헤어지고 나는 다시 안이다 아니다
꽃도 피지 않고 죽은 나무나 무성한
무서운 경계로 간다 정거장도 없다
꽃다발처럼 다글다글 수십개 얼굴을 달고 거기
개들이 어슬렁거린다. 그 얼굴 하날 꺾어
내 얼굴 반대편에 붙인다 안이 아니다
내 몸에서 뒤통수가 사라진다 얼굴과 얼굴의
앞과 앞의 무서운 경계가 내 몸에 그어진다.
너와 헤어지고 나는 무서워진다.

너를 죽이면 나는 네가 될 수 있는가
모든 안은 다시 바깥이 될 수 있는가[14]

앞의 시(심보선)는 인터넷(문자 메시지 등등) 문체를 시에서 그대로 차용
하고 있는 경우다. '차용'이라고 했으나 이제는 인터넷을 비롯한 영상
매체와 시의 그것들 사이에 구별이 없어지고 있다. 대체 '안녕하세요'

와 '안녕하세여', 둘은 무엇이 다른가. 아마도 후자는 전자를 그냥 장난삼아 변형시켜 본 것일 터이며, 선생님을 '샘'이라고 하는 것은 일종의 절약일 터다. 그러나 「여, 자로 끝나는 시」라는 제목에는 이의적二義的인 의미가 내포된다. 하나는 글자 그대로 시의 내용이 보여주듯, 어미가 '여'로 끝나는 낱말들을 나열한 경우이며, 다른 하나는 '여자'라는 단어를 두 음절로 분리시켜 놓아 보는 것이다. 단어의 이러한 분해와 조합은 최근에 급속도로 젊은이들 문화 속에서 창궐하고 있는 느낌이다. 예컨대 '이다'는 낱말이 나오면, 그것은 존재를 나타내는 영어의 be 동사이기도 하며 '이-다多'로 분해되는 한글과 한자의 만남이라는 의미로 주장되기도 한다. 그런가 하면 20세기 초 다다이즘이 그렇듯이 무의미한 의성어라고 언급된다. 단어 또는 말들의 이 같은 이합집산에는 한자와 영어, 혹은 그 이상의 외국어들이 그 어느 때보다 동일한 차원에서 거래되고 교통하는 시대의 현실이 큰 몫을 하고 있을 것이다. 그리하여 말들은 이제 한 자리에 자리 잡고 집을 짓지 않고, 그냥 '떠다닌다'. "언어는 존재의 집"이라는 하이데거의 정의가 맞는다면, 존재 역시 정처 없이 떠다니고 있는 것이다.

말들은 떠다닌다, 거리 사이로, 건물 사이로, 다리 사이로, 떠다니는 말 속에는 전처의 소식도 있고, 모르는 꽃말도 있다, 창밖에는 흰개미들이 풍경에서 풍경으로 옮겨 다니며, 원근법을 갉아먹고 있다, 언제부턴가 내가 그림 속으로 걸어 들어가면, 그림은 찢어진다, (……) 무섭다, 객관적이라는 말은 모든 말의 적이다, 떠다니는 말 몇 개를 잘 이어 붙이면 딴 세상 여는 열쇠가 된다, 그래도 구원은 없다, (……) 말들은 떠다닌다, 모든 틈새로, 간극으로, 미끄러지듯, 유영하며, 떠다니는 말꼬리나 붙잡고, 나는 사람들 앞에서 자주 운다. (……)[15]

언어의 해체를, 그리고 그에 대한 반응을 표현하고 있는 가장 탁월한 시로 생각되는 이 작품「떠다니는 말」에 의하면, 더 이상 말의 세계에서 객관이란 없다. 말의 세계에서 객관이 없다면 이 세상에서 없다는 것이고, 그리하여 마침내 모든 말들은 말하는 사람들이 제멋대로 지껄이고 마음대로 써 갈긴다는 이야기이리라. 시인은 결국 운다. 이 시에서 또한 주목되는 대목은 "원근법을 갉아먹고 있다"는 말과 "그림 속으로 걸어 들어가면, 그림은 찢어진다"는 말이다. 이 표현들은 모두 영상 문학에 관계된 것으로, 활자 문학에 타격을 가하고 있는 현장을 향한 고발로 읽힌다. 우선 말의 '떠다님'은 그 자체가 비활자적이다. 커넌이 지적했듯이 활자／인쇄 문화의 특징은 안정성에 있으며, 이를 통해서 고유의 문체를 지니는 문학이 발전할 수 있었던 것이다. 안정성 밖으로 스스로 뛰쳐나간 언어는 이미 활자를 거부한, 활자로 만족하지 못하는 영상성을 반영한다. 회화도 영상의 일부인 그림이지만, 오늘의 영상은 그것을 넘어서는 유동성, 즉 풍경에서 풍경으로 '옮겨 다니는' 성격으로 특징지워진다. '원근법'이란 철학 용어이기도 하지만, 회화를 통해 대중화되고 오늘에 와서는 영상 전반의 용어로 확대 사용된다. 원근법은 먼 거리에 있는 사물과 가까운 곳에 있는 사물이 동일한 평면, 즉 한 차원에서 다루어지는 기법으로 근대 회화를 업그레이드시키고 있다. 그러나 시인은 여기서 그 떠도는 영상 풍경이 원근법을 갉아먹고 있다고 말함으로써 영상화된 활자들로 말미암아 영상 자체가 훼손되고 있음을 지적한다. 그 영상 속으로 이때 시인이 들어가면, 그 영상도 결국 파괴될 수밖에 없다.

뒤의 시(김근)는 해체론에서 중요하게 다루어지는 경계/경계 없음의 문제를 포착하고 있다. 해체란 결국 경계의 해체, 경계 허물기이고 보면, 자연스럽게 안과 밖의 문제가 부각될 수밖에 없다. 대체 무엇이 안이고 무엇이 바깥이란 말인가, 하는 문제에 부딪친다. 경계가 없으면 개념도 없고, 정의도 없고, 규정도 없어진다. 김근은 그러나 이 시에서 심보선과 달리 이렇게 경계의 철폐에 긍정적인 입장을 보인다. 경계란 "죽은 나무나 무성한" 경계이며, "꽃도 피지 않고", "정거장도 없다". 경계는 '너'와 '나' 사이의 이별과 분리를 가져오기 때문에 시인은 "무서워진다". 해체는 그리하여 데리다의 말대로 "텍스트를 균열시키고 파편화시키는데", 이 파괴 작업을 그는 '의미의 산포散布(dissémination)'라고 부른다. 과연 이 작업은 최근의 우리 시를 엄습하고 강타한다. 소장 평론가 이광호가 "하위문화, 분열된 주체, 퀴어, 잔혹극, 무국적성, 텍스트들의 콜라주 등등 요소들이 여전히 남아 웅성거리는" 세계로 설명하는 젊은 시인 황병승의 시들은 이 방면의 대표적 보기라고 할 만하다.

첨, 내 동생
나는 그러기를 바란다, 는 너의 사촌형, 아홉소

첨 때문에 나는 생각이라는 것을 처음 하기 시작했다

이를테면, 포엣poet, 온리only 누벨바그nouvelle vague,
그것은 어딘가로부터 몰려와 낡은 것을 휩쓸고 어딘가로 다시 몰려가는
이미지를 연상시키지만, 그것은 정지이고 정지의 침묵 속에서 비극을 바
라보는 것에 가깝다 그리고 서서히 바뀌는 것이다
(······)
창작, 긁어대기 시작한다
창작, 긁어대기 시작한다
(······)
악취 속에서 누군가는 떠밀고 누군가는 고함치고 누군가는 부둥켜안은 채
로 카메라가 돌았다, 첫 씬scene인지 마지막 씬인지 운문인지 산문인지, 네
멋대로 해라, 고다르가 오케이 컷, 이라고 읊조렸고 순간의 침묵 속에
서······ 그리고 조명이 꺼졌다
(······)

쥬뗌므, 라는 발음을 알지? 그 말의 의미가 아니라 그 말의 발음이 끌고 다
니는, 쥬와 뗌과 므가 인사시켜준 빛 혹은 선線들
(······)16

이 시는, 시에 대한 해설자가 적절히 지적했듯이 시라기보다는 하
나의 에세이다. 그것도 입안에서 웅얼거리는 편지 형태의 에세이다.

게다가 시의 화자이기도 하고, 주의 내레이터라고 할 수 있는 인물부터 그 이름이 장난 같고(도대체 사람 이름이 아홉소ihopeso가 뭔가), 수신자 이름 '첨'도 가관이다. 그러나 굳이 화자의 입장으로 옮겨 가 보면, 그 이름대로의 희망 사항 혹은 망상의 공간이 그 내용인데, 그것도 메시지가 될 만한 것을 추려내 보면 그렇다는 이야기다. 메시지는 세 쪽으로 나누어질 수 있는데, 첫 단계는 사촌 동생 '첨'에게 보내는 형 '아홉소'의 경고로 종래의 책, 필름 따위에 머문다면 위험하다는 것, 취지는 땟국물일지언정 욕조의 독서로 이 시기를 지난다. 다음은 '읽어대는' 것이 창작이라는 것. 운문이든 산문이든 마음대로다. 마지막으로는, 이 단계를 지나면 "더 이상의 의혹을 품지 않고" "더 이상 그게 서지 않게" 된다. 그러면서도 그것을 "누벨바그"로 표현하는 자멸의 임계점을 받아들인다.

4

성 구분의 철폐와 성 표현의 구체성

의미의 선포 작업을 통해 부각된 가장 두드러진 변화와 그 현상은 성속聖俗과 남녀의 경계 파괴다. 데리다 해체론의 배경이 탈형이상학에 있다면 성속의 분명한 경계와 남녀 구분이야말로 형이상학의 전통을 지탱하는 받침대다. 따라서 경계 철폐가 모색될 때 이러한 구분과 차이는 기다렸다는 듯이 동요되고 그 제거가 다각적으로 시도되는데, 시는 그 치열한 현장으로 등장한다. 18세기에서 21세기에 이르는 역사를 형이상학으로부터 자연과학·기술 정보로, 신으로부터 독신瀆神, 낭만주의로부터 리얼리즘·물신론, 그리고 엘리트 시대로부터 대중 시대로의 이행이라고 한다면, 그것을 요컨대 성聖으로부터의 탈주, 속俗의 보편화 과정이라고 말할 수 있을 것이다. 해체 이후의 시들은 그것을 극단화시키는 한편, 그 주체인 인간들을 스스로 비속화시키면서 남과 여를 뒤죽박죽으로 섞어 버린다.

아버지가 돌아가신 이래
이 집안에 더 이상 거창한 이야기는 없다
다만 푸른 형광등 아래
엄마의 초급영어가 하루하루 늘어갈 뿐
(……)
장남으로서, 오직 장남으로서
애절함인지 애통함인지 애틋함인지 모를
이 집안에 만연한 모호한 정념들과
나는 끝까지 싸울 것이다
(……)
아아, 발밑에 검은 얼룩이 오고야 말았다

햇빛 속에서든 그늘 속에서든
나는 웃는다, 웃어야 하기에
지금으로서는
내게 주어진 것들만이 전부이기에
지금으로서는[17]

아버지는 신일 수도 있고, 형이상학일 수도 있고, 거대 담론일 수도
있다. 어쨌든 그 아버지는 지금 없다. 지금 우리 시대가 그렇다. 모든

성스러움, 신비스러움의 집합적인 표상이었던 그 아버지는 존재하지 않는다. 그 대신 초급 영어가 하루하루 늘어 가는 엄마가 있다. 글로벌 시대의 생계 수단이 된 영어와 여기에 잘 적응하는 여성 시대에 우리는 살고 있다는 이야기다. 시인은 이 현실이 애절하고 애통하고 애틋하다. 왜냐하면 장남이기 때문이며, 시대의 분위기가 모호하다고 느끼기 때문이다. 말하자면 시인 심보선은 성이 사라지고 속화가 급속도로 이루어지는 현실을 보고하면서 이에 대한 비판적 각오를 다짐한다. 그러나 그 다짐은 너무나 연약하다. "발밑에 검은 얼룩"으로서 문제의 "속"은 오고 말았고, 시인은 "웃을 수"밖에 없는 처지임을 토로한다. 심보선의 이런 소극적인 저항과 수락을 거치면서 '속화'의 물결은 시를 아예 삼킨다. 속화를 성聖스러움의 붕괴에서 찾는다면, 그 가장 비근한 현장은 은밀한 성性의 완전한 개방과 노골적인 노출이다. '나보기가 역겨워'로 시작된 날카로운 첫 키스의 추억은 더 이상 기억의 형태가 아닌 현재 진행형으로 묘사된다.

음부, 음핵, 정액, 질, 페니스 등등 남녀 성기와 관련된 단어들은 언제부터인가 시의 전면에서 당당하게 사용되고 있는데, 특히 여성 시인들에게서 그 관심과 사용의 빈도가 높다. 페미니즘에서 오랫동안 비판되어 온 남근 중심주의와 관련된 이 현상은 남성적 억압의 사회와 문화를 남성의 성적 억압에서 그 원인을 찾으려고 하는 방법/자세에서 유발된다.

그러나 앞의 시를 포함해 황병승 시의 문제성은 그 형식 파괴에 있다. 편지 형태의 에세이성을 통해 자신의 비논리적 자유 연상을 그대로 토로하는 방법은, 이 시 안에서 인용되듯 영화감독 고다르의 그것을 방불케 한다. "쥬뗌므, 라는 발음을 알지?"가 그대로 말해 주듯 의미보다는 사운드를 따른다는 것인데, 그것도 어떤 규칙 없이 이럴 때는 이러고 저럴 때는 저런 자의성일 따름이다.

오르막길을 달려간다 페달을 돌리면서 살짝살짝 음핵을 비벼주는게 자전거 타기 묘미다[18]

나의 눈에서 물이 흐릅니다 한쪽 눈알은 말라빠졌습니다 두 다리의 무릎까지만 털이 수북합니다 음부의 반쪽에선 피가 나오고 오른쪽 사타구니엔 정액이 흘러내립니다 백 년에 한 번 있는 일입니다만[19]

아버지가 방으로 건너와 슬며시 내 무릎 위에 쭈그리고 앉는다 한참 한 손으로 제 페니스를 만진다[20]

내 속에서 무언가가 소리친다. (……)
여자의 허름한 음핵에 총부리를 박고 매장된 돈다발을 퍼올린다.
남자들이 여자의 식도를 거슬려 키스하는 시인의 입술을 뽑는다.[21]

성의 개방과 노출에 따른 에로티시즘의 범람은 남과 여의 경계 철폐에도 결정적인 기여를 한다. 섹스 장면의 빈번한 등장과 남녀 성 구분의 착종은 그리하여 선후를 따지기 힘들 정도로 섞여 버리면서 이

른바 페미니즘의 해체와 포스트모더니즘의 가장 가시적인 성과처럼
돋보이게 한다.

> 미술을 전공한 그는
> 곧잘 나의 외모가 종잡을 수 없다고 말한다
> 생물학적으로 남성인 그는
> 심정적으로는 늘 여성을 지향한다[22]

> 여자의 몸을 빌려 그녀라 불리지만,
> 그녀 안에 결박된 나는 남성도 여성도 아닐 것이므로
> 우리의 사랑은 눈뜬 현세 안에서 영원한 종말의 극점을 마주한다[23]

> 사람들은 모두 슬픈 눈으로
> 벌거벗은 제 몸을 바라보고 있었다
> 소년은 할미의 몸을 걸치고
> 여자는 남자의 성기를 달고
> 남자들이 입은 것은
> 너무 꽉 죄는 소녀들의 몸[24]

> 처음엔 남자가 여자의 무릎 위에 쓰러졌다.
> 다음에 여자의 머리가 남자의 머리 위로 떨어졌다.

남자의 머리와 여자의 머리가 흐물흐물 녹는다.
남자의 한쪽 눈에 여자의 입술 반만 겹쳐졌다.

여자의 목덜미 쪽으로 남자의 뻣센 머리칼이 파고든다.

한덩어리 몸
한덩어리 살
점점 물러져 반죽처럼
흘러내린다
에잇 검고 더러운 물
(......)25

남녀 경계에 대한 철폐와 에로티시즘이 어우러진 극단적인 보기는
다음과 같은 시에서 충격적으로 나타난다.

네게 좆이 있다면
내겐 젖이 있다.
그러니 과시하지 마라
유치하다면
시작은 다 너로부터 비롯함일지니

어쨌거나 우리 쥐면 한 손이라는 공통점

어쨌거나 우리 빨면 한 입이라는 공통점
어쨌거나 우리 썰면 한 접시라는 공통점

(아, 난 유방암으로 한쪽 가슴을 도려냈다고!
이 지극한 공평, 이 아찔한 안도)

섹스를 나눈 뒤
등을 맞대고 잠든 우리
저마다의 심장을 향해 도넛처럼
완전 도-우-넛처럼 잔뜩 오그라들 때
거기 침대 위에 큼지막하게 던져진

두 짝의 가슴이
두 쪽의 불알이

어머 착해 26

금기시되어 온 단어, 남녀 성기에 대한 속어를 그대로 노출시키면
서 어쩌면 강한 의도적 노출을 통해서 남녀 차별은 단순한 차이에 지
나지 않을 뿐, 허구의 것임을 드러내고 있는 시다. 이 젊은 여성 시인
은 등단 이후 별로 길지 않은 활동 기간에 이와 비슷한 충격적인 표현
들로 화제의 중심에 서 왔는데, 그의 문학적 지향에 상당한 타당성이

있다고 하더라도, 그 표현의 수위와 방법은 적잖은 물의를 일으키고 있다. 그에 대한 환영과 찬사가 일부 젊은 시인들을 중심으로 한 것이라면, 그 밖의 대다수 독자층과 기성 문단에서는 불쾌와 불편을 감추지 못하고 있는 것이 사실이다. 그렇다는 것은, 아직은 이 시인 김민정의 시적 현실이 보편적 공감의 범주에 오르지 못한 도전의 자리에 있으며, 이를 어떻게 정리, 소화하느냐 하는 것이 우리 문학이 만나고 있는 어려움이다. 이 어려움은 바로 영상 문학과 활자 문학의 공존 양태를 가늠하는 중요한 표석과 통할 수 있다.

5

영상 문학의 분열성

이러한 판단은, 영상 문학이 포스트모더니즘-해체-페미니즘-에로티시즘-하위문화(주변 문화) 등과 동일한 차원에서 발생하거나 발전해 간다는 연계 관계의 인식으로부터 나오는 것이다. 편의상 이 같은 특징을 활자 문학의 그것과 대비해 보면 다음과 같다.

활자 문학	영상 문학
형이상학 / 개념	객관과 개념의 부정
안정적 문체 / 문법	문체 / 문법의 해체
장르의 존중	장르의 해체
경계와 질서	경계 / 질서의 해체

남녀의 구분	남녀 구별 철폐
성(性)적 성스러움	성의 사물화
중심 문화의 창의성	하위 / 소수 문화의 찬양
주체의 존엄	분열된 주체
숭고미	잔혹미 / 퀴어
인내 / 선택적	폭발성 / 즉각성

요컨대 영상 문화의 특징이 그대로 이관된 모습으로 나타나는 영상 문학의 알려진 현상들은 대체로 마적魔的인데, 18세기 낭만주의 또는 그 이전부터 전승되는 신비주의적 마법성이 아닌 악령의 지배를 받는 마성이라는 특징이 있다. 대표적인 사례가 이른바 인터넷 악플이다. 일정한 사회적 검증을 거쳐 공인될 수 있는 활자 문화와 달리 누구나, 무슨 글이나 마음대로 인터넷 화상에 올릴 수 있는 시스템은 모든 사람들에게 무제한, 무차별 공격을 가능케 한다. 그리하여 적어도 언어 생활에서 자유와 폭행의 구별을 무력화시키면서 화상을 장악한다. 이로 말미암아 선택적인 심의를 통해 세련된 문화로의 진출이라는 문학의 전통적 질서는 흔들리고, 인터넷 광장에서 모든 발신자와 수신자가 공동으로 만나는 인터넷 문학이 발생한다. 인터넷 문학은 거꾸로 오프라인, 즉 활자 문학으로 역유입되어 활자 문학의 범주에 혼류하면서 그 질서를 변종시킨다. 앞에서 도표화해 본 영상 문학의 특징은 그리하여 오늘날 곧 우리 활자 문학의 특징이 되어 버린 것이다. 시의

경우 앞서 분석된 장르와 경계의 해체 현상은 날이 갈수록 심화되어 시=운문이라는 전통적 개념은 날아가 버리고, 시가 에세이인지 푸념인지 광고인지 욕설인지 알 수 없는 혼종의 말마당이 되었다는 지적을 피하기 힘든 상황이 되었다. 지금까지 살펴본 사례들이 모두 이 같은 혐의로부터 자유롭지 못한데, 가령 운문과 산문의 경계가 사라진 경우를 한두 편 예거해 보자.

책을 너무나 사랑한 나머지 그는 꿈을 꾸면서 다른 사람의 서재에 들어가 그의 서가에 꽂힌 책 가운데 마음에 드는 것을 훔쳐오기 시작했다. 매일 매일 꿈을 꿀 때마다 그는 친척이나 친구의 집을 하나씩 방문해서 읽고 싶은 책을 들고 나왔다. 꿈속에선 이상하게도 책을 지키는 사람이 없었고 그래서 그는 너무도 쉽게 집어들고 나올 수 있었다. 처음엔 가슴이 쿵쾅거리고 얼굴이 붉게 달아올랐으나 시간이 흐를수록 숙달이 되어서 태연히 모르는 사람의 집에 들어가 책을 집어 들고 나올 수도 있게 되었다. (……) 그래서 그는 오늘도 잠이 들기 전 그가 낮에 보았던 갖고 싶은 책을 머릿속에 떠올리고 그 책이 있을 만한 장소에 이르는 길을 가늠하며 잠자리에 든다.[27]

박한 원고료 모아 아내에게 디지털카메라를 선물했건만, 가슴 쿵쾅거리는 금강산 나들이 전날까지 코빼기도 보여주지 않는다. 기계 다루는 건 젬병이라 짐만 될 뿐이라고, 게다가 잃어버리기 대장 아니냐고 핀잔만 준다. 시인이라면 모름지기 가슴에 산하를 담아야지 디지털이 뭐냐고 삐죽거리다가, 제 입방아가 지나쳤다 싶었는지 자정 지나 슬그머니 카메라를 꺼내온

다. 이건 절대 건드리지 마라, 이것만 누르면 된다, 출국 심사만큼 까다롭다.[28]

남진우, 이정록 두 유능한 중견 시인의 이 작품들은 '시'라고 했으므로 '시'인가 보다 할 정도로 '시'답지 않다. 굳이 이름을 붙인다면 에세이, 수필, 콩트와 같은 장르들이 어울려 보인다. 그러나 이들은 이미 시단의 능력 있는 시인들로 정평이 있는 시인들이므로, 이런 예상을 모르고 이런 시들을 썼을 리 없다. 그렇다면 왜 굳이 산문을 쓰고서 시라고 발표했을까. 기왕에도 물론 '산문시'라는 형태가 있으며, 유능한 시인들을 포함해 적잖은 시인들이 이러한 작품들을 써 왔다. 그러나 최근에 이르러 이러한 형태는 급증하는 추세이며, 신인에 가까운 소장 시인들이 여기에 상당한 관심을 보여주는 것이 흥미롭다. 앞의 두 시인이 비교적 가벼운 행보로 산문 형태의 시를 썼다면, 다음의 예는 조금 달라 보인다.

여기는 장롱 안이다. 나는 장롱에 갇히자마자 지구에서 내가 몇 번째로 장롱 안에 갇힌 사람일지 궁금했다. 그건 아직까지 자신의 어머니를 좋아하지 않는 이유를 대라고 할 때 어린 시절 자전거를 사주지 않았기 때문이라도 대답하는 자들처럼 문득, 떠오르는 생각이었다. 누가 왜 나를 장롱에 가두었을까? 서두르지 말자. 나는 생각보다 아주 차분하고 생각만큼 이곳은 캄캄하다. 이건 이제부터 당신과 내가 시작해야 하는 종이컵 통신이다. (……) 어린 시절부터 내 소원 중 가장 야심적인 것이라 할 만한 건 단연 지

구를 떠나보는 것이었다. 기억이 정확하다면 어린 시절 티브이 프로그램
이 있었다. 사회자 역할을 꽤 오랫동안 도맡아온 배추머리의 한 개그맨이
있었고 그는 (……) '지구를 떠나가라'고 말한 후 밖으로 쫓아버렸다.[29]

앞의 두 시 작품이 시라기보다 산문에 가깝다면 김경주의 시는, 이
를테면 '산문시'다. 단순한 산문이라고만 할 수 없는 시적 '엉뚱함'이
개재되어 있기 때문이다. 그 엉뚱함이란 일종의 환상이다. 그 환상은
"여기는 장롱 안"이라는 동화적 공간의 설정에서부터 비롯된다. 마치
C. S. 루이스의 『나니아 연대기』를 연상시키는 "장롱 안"은 거기서부
터 환상으로의 진입구가 열린다. 『나니아 연대기』의 어린 딸처럼 거
기에는 왕궁이 있고, 나쁜 여왕이 있고, 정의로운 사자가 있다. 서사적
인 진술로는 포착될 수 없는 환상의 세계인데, 이 세계는 영화와 같은
영상에 의해 현실감을 높일 수 있다. 시인은 이 시에서 장롱 안이 비록
캄캄하지만 서두르지 않고 "당신과 종이컵 통신"을 하겠다고 말한다.
당신으로 불린 현실과의 소통을 의미하는 "종이컵"이 흥미로운데, 이
것은 아마도 동화적 발상의 연속에서 이해될 수 있을 것이다. 시인은
어린 시절 자전거를 사 주지 않은 어머니를 생각하며, 티브이 프로그
램에서 '지구를 떠나거라'라고 말한 배추머리 개그맨을 기억해 낸다.
　요컨대 김경주의 산문시는 그의 많은 다른 시들과 함께 환상 공간
을 만들어 내는 이야기 작법이다. 환상은 단순히 허무맹랑하고 짧은
몽상이 아니라 이야기 서사를 지닌 독자적인 세계임을 보여주는데,
이러한 기법을 통해 과거 전통 소설들이 그 오랜 옷을 벗고 단절된 서

사 형태로 나아가는 또 다른 지평과 만난다는 사실이 주목된다. 그러니까 전통적인 시, 전통적인 소설이 각기 문제의 '전통'을 벗어 버리고 자기 파괴 끝에 제3의 장르를 빚어내는 것이다. 이런 차원에서 시가 산문성을 띤다는 것은 김경주와 같은 젊은 시인에게 있어서 시의 콘텐츠, 즉 이야기를 제작한다는 의미다. '장롱 안'의 세계에도 '장롱 밖'의 세계와 같은 세계가 있어야 한다는 것이다. 앞의 시 뒤쪽에는 이런 이야기가 이어진다.

(……) 결국 우린 지금까지 아무도 지구를 떠나지 못했지만, 지구를 떠난다는 것이 꼭 우주에 닿는 일만은 아니라는 것을 그때 알게 되었다. 사람들은 여전히 지구를 떠나보는 소원을 최고 우수한 자기 소망 목록에 두지 않는가. 하지만 나는 대체로 만화책을 백만 권 읽는 것이 빨리 자신의 우주에 닿을 수 있다는 결론을 믿는 사람이다. 지구를 떠나는 것과 우주에 닿는 일은 다르니까. 나는 언제나 핫도그보다 핫도그 안의 소시지 크기가 더 중요했으니까. 물론 이 말은 순전히 우연히 생각난 말이다.[30]

지구를 떠나지만, 그것이 곧 우주 공간 어디로 간다는 뜻은 아니고 '만화책'의 세계로 간다는 의미다. 여기에서 "만화책"은 물론 만화지만, 그 밖의 다른 영상 문화, 즉 영화, 인터넷, TV 등을 모두 포함하는 세계이리라. '장롱 안'의 이 현실은 젊은 시인들에게 '장롱 바깥'의 세계와 다르지 않다. 안팎의 구별은 이미 경계가 소멸되었고 온라인과 오프라인의 구분도 무의미하다. 따라서 현실과 환상의 구분 역시 애매해진다. 젊은 시인들의 작품들을 읽으면, 동일한 범주와 평면 안에서 서로 다른 차원들이 엇갈리며 착종하는 것을 볼 수 있는데, 그것은 이러한 애매성의 결과일 것이다.

인터넷의 등장에 의해 부각된 웹툰과 같은 신종 장르가 나오면서 기성 만화가들을 제치고 새로운 만화, 새로운 영화를 만들어 나가는 현실이 시에도 고스란히 반영된다. 어떻게 보면 시와 시인은 인터넷 또는 웹툰의 이러한 현실을 이제 부러워하고 있을 정도다. 영상 문학과 별도로 활자 문학이 건재하며, 인터넷 때문에 활자 문학이 영향을 받고 있다고 생각하지 않는 견해도 있지만,[31] 영상 문화에 의해 문학은 그 내면이 변형되고 왜곡되어, 이제 변질의 단계 앞에 선 것은 분명해 보인다. 그것은 메이저 문화의 전복이라는 은밀한 기치 아래서 행해지는 이른바 소수 문화, 주변 문화의 반란을 옹호하고 획책하는 일에 시가 앞장서고 있는 현실에서 확인된다. 다시 황병승으로 간다.

알코홀릭alcoholic, 그것은 연약한 한 존재가 자신을 열정적으로 위로하고 있다는 뜻이다

나빠질 때까지, 더 나빠질 때까지

스스로 대답해야 하는 존재들, 끝없이 질문하는 존재들과도 같이, 지구 바깥에, 허공에 집을 짓는 사람들
(……)

종교를 갖는다는 것, 찬물로 세수를 해라 이 엄마가 죽도록 때려줄 테다

공허해질 때까지, 더없이 공허해질 때까지(……)³²

　시인은 방랑하는 배가본드였지만, 이제는 허공의 노숙자가 되었다. 위로를 거부한 그들에게 아무 위로는 없다. 저들의 참된, 유일한 위로는 노출의 서늘함뿐일지 모른다.

6

모니터 속 물질도 실물인가

시의 이러한 해체 현상은 젊은 시인 권혁웅이 주창하는 이른바 '미래파' 운동 내지는 경향에 의해 전형적으로 압축된다. 그의 논지를 살펴보기에 앞서서 먼저 그의 시를 몇 편 읽어 보자.

1. 마징가 Z
기운 센 천하장사가 우리 옆집에 살았다 밤만 되면 갈지자로 걸으며 고래고래 소리를 질렀다 (……) 그는 무쇠로 만든 사람, 지칠 줄 모르고 그릇과 프라이팬과 화장품을 창문으로 던졌다 계란 한 판이 금세 없어졌다

2. 그레이트 마징가
어느 날 천하장사가 흠씬 얻어맞았다 아내와 가재를 번갈아 두들겨 패는

소란을 참다못해 옆집 남자가 나섰던 것이다

3. 짱가

위대한 그 이름도 오래가지는 못했다 그가 오후에 나가서 한밤에 돌아오
는 동안, 그의 아내는 한밤에 나가서 오후에 돌아오더니 마침내 집을 나와
먼 산을 넘어 날아갔다. (……)

4. 그랜다이저

여자는 날아서 어디로 갔을까? (……) 수많은 버스가 UFO 군단처럼 고개
를 넘어왔다가 고개를 넘어갔다 사내에게 역마驛馬가 있었다면 여자에게
는 도화桃花가 있었다 (……)[33]

『마징가 계보학』이라는 시집에 실린 같은 이름의 시다. 마징가라고
말하면, 1970~1980년대를 살아온 사람들에게는 너무나 낯익은 이름
이다. 그 이름은 특히 어린이들에게 슈퍼맨, 원더우먼 등의 이름들과
더불어 갑갑한 현실을 뛰어넘는 초인적인 마법으로 다가왔으며, 그리
하여 일찍이 의식 속에 환상의 문을 열어 준 열쇠 구실을 했다. 집집이
마징가를 모르는 어린이가 없었고, 골목마다 마징가 Z가 불려지지 않
는 때가 없었다. 그러나 권혁웅의 시에 있는 그 마징가 Z는 현실에서
폭력으로 존재했다. 가난한 가정의 폭력 가장으로 어린아이의 머리에
각인되었고, 시에서는 패러독스와 아이러니로 표현되어 즐거움 대신
서글픔을 준다. 시집 『마징가 계보학』에는 이와 같은 역설이 가득 차

있고, 꿈과 에로스는 사춘기 소년이 된 시적 화자에 의해 처참하게 분해된다. 에로스가 어떻게 현실에서 해체되는지, 또 다른 시 「애마부인 약사略史」가 보여준다.

1대
고개를 좌우로 꼬며 말을 달리는 고난도 기술을 선보인 안소영(1982)에 관해선 이미 말한 바 있다 침대에 누운 그녀가 말 탄 꿈을 꾸는 것인지, 말을 모르는 그녀가 침실 꿈을 꾸는 것인지를 중3이 다 말할 수야 없었지만, 동시상영관은 돌아온 외팔이와 안소영 때문에 후끈 달아올랐다

2대
오수비(1983)는 바다로 갔다 그녀는 젖은 몸으로, 몰려오는 파도를 다리 사이로 받으며, 파도보다 큰 소리를 지르곤 했다 파도야 어쩌란 말이냐 날 어쩌란 말이냐 청마靑馬의 시구를 그때 배웠다 고1때 일이다

3대
김부선이 말죽거리 떡볶이 집에서 권상우를 유혹할 때(2004) 나는 기절할 뻔했다 (……) 씨름선수 장승화의 들배지기에 자지러지는 그녀(1985)를 본 고3때부터 지금까지, 내내 그렇다

4대
이후의 애마부인(1990~)에 관해서는 잘 알지 못한다 나는 더 이상 연소자

가 아니었으니까, 도처에서 여자들이 말 타고 출몰했다는 게 맞는 표현이
다 (⋯⋯)

9대
(⋯⋯) 드라큘라, 애마(1994), 애마와 백수건달(1995), 애마와 변강쇠(1995)에
이르기까지, 우리는 끝없는 연애담과 지리멸렬 속으로 빠져들었다

외전(外傳)
애마는 파리에도 가고(1998) 집시도 되었지만(1990) 정작 애마부인을 가르
친 정인엽은 지금 삼겹살집 주인이다 애마 아래 남편, 애마 위에 애마보이,
그 위에 나⋯⋯ 우리는 그렇게 불판 위에서, 납작하게, 지글거렸다 어마 뜨
거라, 소리 지르며 한 시절을 지나왔다[34]

「애마부인 약사」역시 마징가 Z와 마찬가지로 한국 사회 속의 에로
티시즘이 청소년의 의식을 통해 현실 속에서 어떻게 분해되어 왔는지
보여준다. 그 '약사'는 동시에 싸구려 에로 영화에나 의지할 수밖에
없었던 가난한 상상력의 깊이를 함께 보여준다. 에로스라고 해보았자
안소영, 오수비, 김부선, 진주희 등의 에로 배우들이 출몰하는 동시 상
영관에 포박되어 있는 빈곤한 상상력과 결부된 것이었다. 그리하여
에로스라는 강력한 성적 욕망조차 가난한 현실과 만나면서 싱겁게 부
서지고 말았음을 사춘기 소년 화자는 고백한다. 말하자면, 청소년의
꿈을 통해 모험으로, 욕망으로 뿜어내야 했던 시적 상상력은 바람 빠

진 기구처럼 저공비행을 할 수밖에 없었던 것이다. 권혁웅의 해체는 무엇보다 이러한 서글픔을 단초로 한 무장 해제적 성격 위에 서 있으며, 그런 의미에서 한국 현대시의 또 다른 특수성을 반영한다.

그러나 주목해야 할 점이 있다. 거꾸로 말할 때, 그의 시는 가난하고 힘든 현실을 마징가 Z와 같은 마법, 후줄근한 에로티시즘, 무엇보다 비록 삼류지만 영화나 만화와 같은 '동영상' 세계를 통해 극복하고자 했던 것이다. 배경이야 어찌됐던 간에 시인의 상상력은 동영상의 세계 속에서 분해되고 현실과 추상이 동일한 범주와 차원에서 뒤섞이는 독특한 '미래화'가 탄생한다. 여기에 이르는 그의 시 세계에 대해서는 다음과 같은 지적이 적절해 보인다.

만화와 영화, 음악과 함께 상생하는 그의 시들은 단면을 절개하여 모노크롬 시학을 만들어냈다. (……) 시집이 후일담의 양식을 찾게 된 것도, 성장 시적인 요소가 많이 배어있는 것도 시인의 기억 속 모든 삶이 함께 부글거리면서 풍화된 탓이다. (……) 대중음악의 노랫말이 "그 시절"의 상처를 반복하여 들려줌으로 표백시키는 것은 심리치료에 가깝다.[35]

과연 그의 시에서 만화와 영화, 대중문화 놀이를 떼어 놓고 시를 읽는 것은 거의 불가능해 보인다. 어떤 경우 그의 시는 TV 영화를 포함, 영화나 만화영화 읽기라고 해도 어울릴 정도다.

손목을 비틀어 총알을 튕겨내던 한 여자가 있었다 악당들은 그 여자의 뽕

브라만 뚫어져라 노렸다 여자가 그리는 반원은 얼굴에서 배꼽까지인데, 악당들의 과녁은 늘 그 반원을 벗어나지 못했다 총알이 사방팔방으로 튀었다 헛심 쓴 악당들의 어이없는 표정이 늘 클로즈업되곤 했다[36]

「원더우먼과 악당들」이라는 시인데, 시라기보다는 원더우먼 영화 읽기라고 하는 편이 맞겠다. 시인은 신산한 현실을 살아왔지만, 언제나 그 곁에는 현실의 어려움을 극복하게 해 줄 위로의 매체가 있었다. 그것이 권혁웅에게는 책이라기보다 영화, 만화 등의 영상 미디어였고, 그 속에서 상상력을 키웠다. 책 속에서 형성된 상상력은 기본적으로 창의적이지만, 영상 속에서 환기된 상상력은 비교적 복제적이라고 할 수밖에 없다. 그도 그럴 것이 활자는 이해를 요구하고, 이해는 읽는 자의 머리와 가슴에 성찰을 요구한다. 자기 나름대로 생각하게끔 하는 것이다. 필요한 시간도, 반응의 형태도 사람에 따라 각기 다르게 나타난다. 그러나 영상 미디어는 성찰을 요구하지 않는다. 각 사람에 따른 반응을 수렴하지 않는 시스템으로 그냥 움직인다. 요컨대, 영상 미디어는 일방적으로 지나가는 것이다. 그것을 시청한 관중은 인상 깊은 장면을 복제할 뿐, 성찰의 결과 혹은 그 과정에서 생성된 상상력을 누릴 수 없다. 상상력이 중층적이라면, 영상 미디어의 그것은 리플레이적 수준에 머물 수밖에 없는 것이다. 권혁웅의 「마징가 Z」가 후일담 내지 성장시적 요소가 있다는 지적은 아마도 이러한 리플레이적 성격과 무관하지 않을 것이다. 그는 『미래파』라는 다소 과감한 제목의 시론집을 스스로 펴내면서 이러한 선언을 한다.

처음에는 들뢰즈의 저서 이름을 빌려 이 책에 '감각의 논리'란 제목을 붙이려 했다. 그러다가 마지막에 '미래파'란 이름으로 바꾸었다. 이것은 최근의 젊은 시에 대한 내 편애 때문이기도 하지만, 이전 시이건 최근 시이건 좋은 시라면 모두 제 나름의 감각에 충실하고, 그 점에서 최근 시 역시 놀랄 만큼 생산적이라고 보았기 때문이다. (……) 아름다움은 움직이는 거다. 이것이 내가 새로운 감각의 출현을 무엇보다 반기는 이유이다.[37]

그러면서 그는 시론집에 실린 글들 가운데 「상사相似의 놀이들」과 「미래파」라는 글을 취지에 맞는 글이라면서 자천했다. 과연 어떤 글인지 주목되지 않을 수 없다. 앞서 고찰한 상황들과 필경 긴밀한 관계에 있을 그 글들의 몇 대목을 살펴보자.

요즘 시인들의 젊은 작품이 엉망이라는 얘기를 가끔 듣는다. 사실 이런 얘기는 요즘 애들 버릇없다는 말만큼이나 오래된 말이다. 최근의 시들이 비판받는 요지는 대개 이 시들이 요령부득의 장광설이거나 경박한 유희의 산물이라는 것이다. 시가 헛소리에 가깝다, (……) 이미지의 결이 일정치 않다, 화자가 혼란되어 있다, (……) 징그럽다……와 같은 말이 덧붙는다. 하지만 실제로 요령要領을 얻지 못한 것은 최근의 시들이 아니라, 그 시를 읽어내지 못한 비평이 아닐는지? 부정어법으로 정의된 최근 시들의 특징은, 그 부정의 방식으로는 결코 정의될 수 없는 것이다.[38]

아름다움은 움직이는 것이므로, 기성의 잣대로 오늘의 젊은 시들을 평가하지 말 것과 오늘의 시의 아름다움을 보지 못하는 비평의 무능과 편견을 비판하고 있는 진술은 얼핏 보아 일종의 세대론이다. 어느 세대나 앞선 세대는 뒤 세대를, 뒤 세대는 앞의 세대를 비판해 왔고, 그것은 그 나름대로의 정당성을 또한 지녀 왔다. 권혁웅의 말대로 아름다움은 가변적이며, 새로운 시에는 다소간에 혼란과 무질서가 패기의 모습으로 개입되기 일쑤다. 문제는 그가 말하는 '미래파'가 이러한 신세대 일반의 패기, 또는 역동성으로 옹호될 수 있는 범주 안에 속하는가 하는 점이다. 그렇게만 보기에는 앞서 관찰하고 분석한 대로 엽기적인 오늘의 시가 변명될 수 있는 한계가 분명해 보인다. 그는 서문을 통해서 "새로운 감각의 출현을 반긴다"고 했는데, 감각에는 옛것과 새것의 차이가 그리 크지 않다. 감각은 예나 이제나 크게 다를 바 없는 것이다. 다른 점이 있다면 도덕이나 규범 등 시대의 지배적인 이념이 달라서 때로는 감각이 통제되고, 때로는 감각이 개방되는 주파수의 변화를 만나기는 하지만, 감각 자체는 인간의 영원한 본능에 속할 뿐 발견되거나 출현하는 것이 아니다. 다시 말하면, 젊은 엽기파 시인들은 감각의 절제 위에 이루어지고 있는 전통적인 긴장의 미학을 거둬 내고 있을 뿐, 새로운 어떤 것도 발견한 것은 아니다. 말하자면, 금기를 파괴하고 있을 따름이다. 권혁웅의 '미래파'라는 개념은 따라서 영상 문학의 영향 아래서 번지고 있는 일련의 착시 현상에 대한 착종된 진단일 수 있다.

한밤중에 일어나 눈동자를 열고 모니터를 꺼낸다

붉고 싱싱한 잘 익은 놈으로

너에게 줄게 아무것도 먹지마

이것만 있으면 모니터 속 아이리스

보라색 꽃잎 가장자리 휘어진 엷게 눈웃음치는

이슬보다 영롱한 0과 1

샤갈의 마을에 내리는 눈은 녹지도 않고

나의 모니터 속에 쌓인다[39]

유형진이라는 신인의 시 「모니터킨트-eyeless.jpg」 중간 부분이
다. 권혁웅은 이 시 전문을 인용하고 해석하는데, 모니터 환상을 자연
과 똑같은 대상으로 보아야 한다는 그의 논지는 이렇다.

그러니까 모니터 속 '아이리스'는 상처받기 쉬운 내 자신의 대리 표상이었
던 것이다. 이 꽃을 자연물이 아니라고 말할 수 없다. 그것은 재래의 서정
시가 말하는 것과 꼭 같은 방식의 객관적 상관물이다.[40]

모니터는 환상, 즉 가상일 뿐인데, 가상 아닌 자연의 일종으로 보아
야 한다는 논지다. 이러한 생각은 이미 영상(환상/가상)을 현실 속 깊은
곳에서 수용하고 있음을 보여주는 것으로, 영상성과의 관계에서 논리
를 전개해야 타당할 것이다.

주

1 이원, 『야후!의 강물에 천 개의 달이 뜬다』(문학과지성사, 2001), 12쪽.

2 같은 책, 71쪽.

3 같은 책, 120쪽.

4 김선우, 『내 몸속에 잠든 이 누구신가』(문학과지성사, 2007), 28쪽.

5 같은 책, 28~29쪽.

6 성기완, 『당신의 텍스트』(문학과지성사, 2008), 9쪽.

7 김상환, 「데리다의 문학론」, 『프랑스 철학과 문학비평』(한국프랑스철학회 편, 문학과지
   성사, 2008), 297~298쪽.

8 김상환, 같은 책, 299쪽.

9 같은 책, 301쪽.

10 같은 책, 303쪽.

11 쟈끄 데리다, 박성창 편역, 『입장들』(솔, 1992), 11~12쪽.

12 같은 책, 35~36쪽.

13 심보선, 『슬픔이 없는 십오 초』(문학과지성사, 2008), 86~87쪽.

14 김근, 『구름극장에서 만나요』(창비, 2008), 8쪽.

15 심보선, 같은 책, 142~143쪽.

16 황병승, 『트랙과 들판의 별』(문학과지성사, 2007), 9~12쪽.

17 심보선, 같은 책, 50~55쪽.

18 김이듬, 『명랑하라 팜 파탈』(문학과지성사, 2007), 31쪽.

19 같은 책, 42쪽.

20 같은 책, 55쪽.

21 강정, 『키스』(문학과지성사, 2008), 51쪽.

22 같은 책, 23~24쪽.

23 같은 책, 82쪽.

24 김근, 『구름극장에서 만나요』, 54쪽.

25 같은 책, 67쪽.

26 김민정, 『그녀가 처음, 느끼기 시작했다』(문학과지성사, 2009), 44~45쪽.

27 남진우, 「책도둑」, 『문학과사회』 82, 44~45쪽.

28 이정록, 「금강 빗자루」, 『오늘의 시』(2008년), 137쪽.

29 김경주, 『기담』(문학과지성사, 2008), 122~123쪽.

30 같은 책, 123쪽.

31 서진, 「인터넷이 문학을 송두리째 바꿀 것이라고?」, 『작가와 사회』(2008년 봄호), 224
~225쪽.

32 황병승, 『트랙과 들판의 별』(문학과지성사, 2007), 44~45쪽.

33 권혁웅, 『마징가 계보학』(창비, 2005), 12~14쪽.

34 같은 책, 15~17쪽.

35 송재학, 같은 책, 뒤표지 발문.

36 같은 책, 76쪽.

37 권혁웅, 『미래파』(문학과지성사, 2005), 8~9쪽.

38 같은 책, 148쪽.

39 같은 책, 166쪽에서 재인용.

40 같은 책, 167~168쪽.

3장

소설 서사의 변용과 영상 담론의 수용 문제

I

교란된 서사

최근에 한 문학 계간지는 젊은 평론가들을 중심으로 이즈음 소설들의 문학적 성향과 그 특징에 대해 특집을 꾸몄는데, 그 제목은 '교란된 서사들'이었다. 서사가 교란되고 있다는 것이다. 여기서 한 평론가는 젊은 소설가들의 성격을 다음과 같이 요약한다.

과거의 서사는 인물을 둘러싼 환경과 행동을 시시콜콜 순차적으로 치밀하게 추적함으로써 성격을 창조하고 삶을 형상화했다. 그런데 2000년대에 출현한 젊은 소설가들의 작품에서는 그런 수공업적 공력의 흔적을 찾아보기 어렵다. 인물들은 장면 없이 대화를 나누고 돌연하게 행동하며, 배경도 없이 서술 요약되는 예가 비일비재하다. 박민규, 윤이형, 김중혁, 이기호, 박형서, 정이현, 황정은, 염승숙, 한유주, 김유진 등의 소설에서 인물의 생김새나 현실 공간의 면면을 간파하기란 쉽지 않다. 사실성을 보장하는 치밀한 묘사를 외면함으로써, 과거적 형태의 현실 재현을 거부했다는 것은 이들 소설을 둘러싼 '현실성' 논란의 한 측면을 구성하는 원인이기도 하다. (……) 편혜영 소설이나 김숨의 『철』, 강영숙의 『지나』 같은 작품이 그 예들인데, 이는 묘사 수법이 가상 공간의 사실감을 위해 적극적으로 활용되고 있다는 것을 의미한다.[1]

이 평론가는 이즈음 서사의 특징으로서 이 밖에 몇 가지를 첨가하고 있다. 예컨대 그것들은 시공간의 변화가 두드러지며, 다중 시점으로 되어 있고, 무엇보다 장르 혼종이 나타난다. 다차원적 텍스트와 비인간화된 환상성도 거론되는데, 나로서 특히 주목되는 점은 장르 혼종과 비인간화된 환상성이다. 이와 관련해 보다 상세하게 살펴볼 필요가 있다.

첫째, 장르 혼종에 관해: 정은경의 지적처럼 무협 소설, SF, 공포 소설 같은 장르 문학과의 혼종은 이 글 곳곳에서 언급되고 있는 바와 같다. 여기에 덧붙여서 이 젊은 비평가는 구술성, 랩 등과 같은 비문자적 언어들과의 혼재, 공존도 말하고 있으며, 만화나 게임 등의 키치적 요소와는 달리 뜻밖에도 역사, 철학, 사회과학 이론 등의 지적 담론도 함께 섞여 있기 일쑤라고 주장한다. 지적 담론의 도입은 물론 과거에도 없지는 않아서, 가령 최인훈이나 복거일과 같은 소설가들은 때때로 비평문이나 이론서 또는 박물학적 전문지를 연상시키는 글들을 소설 속에 대량으로 끌어들이기도 했다. 그러나 그것들은 소설 전체의 문맥이나 구성 논리상 불가피한 것으로 여겨져, 현학적이라는 비판 앞에 서더라도 뜬금없는 혼종으로 독자를 당혹케 하지는 않았었다. 그러나 최근 소설에 출몰하는 지적 담론은 비속한 언어 풍경과 섞이면서 논리 형성 자체를 거부하는 듯이 보인다.

그 다음 비인간화된 환상성에 대해: 이 문제 역시 이 글 곳곳에서 판타지라는 이름으로 수차례 언급되고 있는 요소이며, 그림을 통해서도 선보일 것이다.[2] 그러나 여기서 다시 한번 주목해야 할 점은 환상적인 장면이나 아예 소설 전체를 통틀어 환상화하는 작가적 모티프에 숨어 있는 인간의 절망, 그리고 인간 세상으로부터의 탈출이라는 심리와 그 세계관이다. 왜 작가들은 인간이 싫어진 것일까. 왜 현대의 소설들은 인간을 그리고, 인간의 삶에 기여한다는 전통적인 주제를 비틀고 있는 것일까. 다시 정은경의 말을 들어 보자.

사물들과 무용지물로 가득 찬 김중혁의 소설, 앵무새와 고양이와 소와 함께 '동물들의 권태와 분노의 노래들'을 이야기하는 정영문의 소설, '시체, 축생, 인형'들이 범람하는 편혜영의 소설과 모자와 오뚝이, 뱀꼬리 왕쥐와 수로 변신한 인간을 이야기하는 황정은, 염승숙의 소설, 거미로 변신하거나 죽은 자, 뱀과 얘기를 나누는 손홍규의 비인간의 세계, 그리고 백가흠과 최인석, 황석영에 이르기까지 비인간과 환상의 모티프는 이 시대 작가들의 공통적인 표현 수단이 되었다.[3]

'그러나 영상 문화가 끼치고 있는 영향이 아주 직접적인 경우도 허다하다. 가령 윤이형에게서 볼 수 있는 그림과 기호, 그리고 사진까지 과감하게 집어넣는 한유주를 바라볼 수 있다. 정은경이 다차원적 텍스트라고 말하는 텍스트의 대부분은 모두 '영상적'인 것들이다. 글자 크기와 농도 등을 과장하는 박민규는 이 분야의 비교적 오래된 전문가다. 이렇듯이 '교란된 서사들'에 대해서 또 다른 젊은 평론가의 진단을 들어 보면 이렇다.

새로운 서사 문법이 독자를 혼란스럽게 하는 이유는 서로 다른 문법들이 충돌하기 때문이고, 규칙이 다른 만큼 의미상의 등가적 교환이 이루어질 수 없기 때문이다. (……) 문법의 새로움이 미학적 평가를 대신할 수는 없다.[4]

결국 젊은 비평에 의해 투시된 오늘의 서사 현장은 수선거리는 수상한 사제들의 움직임이다. 작가론을 통해 한 사람은 한유주라는 젊은 여성 작가를 다소 부정적인 시선으로 관찰하고,[5] 다른 한 사람은 김애란이라는 또 다른 여성 작가를 다소 긍정적으로 분석하고 있으나,[6] 공통된 점이 있다면 두 소설가 모두 관습적인 문법에서 멀리 있다는 것, 그 새로움이 반드시 문학적 가치를 보장해 주는 것은 아니라는 점이다. 비평가들은 말하자면 소설 서사의 변용에 조금쯤은 비판적이라고 할 수 있다. 그들의 결론은 이미 특집 앞에 이렇게 나와 있다.

지금 이곳에서 '교란된 서사'라는 이 수상쩍은 말에는 최근 소설에 보이는 변화들이 이제까지 볼 수 있었던 변화들과는 본질적으로 다른 점을 지니고 있다는 '판단'이 전제되어 있지 않다. 서사를 위배하는 듯이 보이는 최근의 변화들이 못마땅하다는 '평가'가 전제되어 있지도 않다. (……) 그것이 본질적인 변화가 아니라면 여기서 우리가 이야기해 볼 수 있는 것은 무엇인지 논의해 보고, 혹 여건이 허락된다면 이를 통해 우리가 생각해 볼 수 있는 소설의 미래는 어떤 모습인지 예측해 보고 싶을 따름이다.[7]

여건이 무엇인지 알 수 없으나, 젊은 비평이 본질 부분에 대한 분석을 유보한 것은 아쉽다. 더 안타까운 일은, 이들 세 명의 평론가가 한결같이 영상 문화와의 관계, 즉 영상성의 영향에 표면상 관심을 갖고 있지 않다는 사실이다. 그들 자신이 이미 영상 문화에 깊이 침윤되어 있기 때문인지 그 무심함은 잘 이해되지 않는다. 그렇다 하더라도 영상 문화의 한복판에 있는 젊은 비평이 동시대의 서사를 살피며 그 특징을 정리하고 성찰한다는 점은 바람직스럽다.

2

포르노그래피 앞에서 무릎을 꿇다

소설은 일반적으로 19세기 리얼리즘의 산물로 평가된다. 18세기 말 괴테의 『빌헬름 마이스터』 연작으로부터 그 연원이 인정되는 소설의 근대적 기원은 발자크와 프뢰벨, 빅토르 위고, 그리고 톨스토이와 도스토옙스키의 19세기를 거치면서 시대와 문학의 운명적 결탁을 연상시킨다. 이러한 진술은 근대가 소설을 낳고, 소설이 또한 근대를 낳았다는 명제를 조심스럽게나마 가능케 한다. 소설에 대한 집중적인 연구를 하고 있는 모레티Franco Moretti 교수에 의하면 근대 서구의 위대한 두 가지 서술 양식에는 소설Novel과 서사시Epic가 있는데, 소설에서는 "모든 사람이 동일한 언어로 말하고 동일한 시기를 살고 있는 세계의 밀집성이 나타난다"는 것이다.[8] 소설이라는 장르가 19세기에 들어서 이렇듯 융성해진 것은, 19세기 산업 사회의 발전과 부르주아 사회의 형성에 상응하는 예술적 양태라는 견해도 이러한 논리와 부합될 수 있다. 슈타이거Emil Staiger의 말대로 소설의 기본 모티프는 움직이는 현재의 행동이기 때문이다. 우리 모두 잘 아는 이러한 소설의 한 유형을 실제 작품을 통해서 확인해 보자. 소설 장르의 출발점이 된 것으로 해석되고 있는 괴테의 『빌헬름 마이스터의 수업시대』 중 짧은 일부 장면이다. 이 소설은 18세기가 끝나 가는, 19세기의 여명을 바라보는 1796년에 발표되었다.

그녀는 말을 멈추었다. 빌헬름은 그녀의 손을 잡고 외쳤다. "아, 얘기를 계속하세요! 지금이야말로 서로 진정한 신뢰를 주고받을 때입니다. 지금 우리에겐 그 어느 때보다도 서로를 더 자세히 알 필요가 있습니다."

"네, 그래요. 빌헬름 씨!" 하고 그녀는 빙그레 웃으며 조용하고 온화하며 이루 형언할 수 없는 기품을 띤 채 말했다. "아마 제가 이런 말을 하더라도 지금 이 순간에 아주 어울리지 않는 말은 아니겠지요 — 많은 책이나 세상 사람들이 사랑이라고 부르면서 우리에게 보여주는 것이 저에게는 항상 동화같이만 생각되었답니다."

"사랑을 해보신 적이 없으시단 말씀입니까?" 하고 빌헬름이 외쳤다.

"한 번도 없어요. 혹은, 언제나 해왔다고 해야 할지!" 하고 나탈리에가 대답했다.[9]

평범한 상인 출신의 빌헬름과 귀족 출신의 여성 나탈리에의 사랑을 그린 이 장면은, 이른바 고전적인 품위를 지키고 있다. 그러나 거기에는 여성적 우아함과 보다 높은 사회를 향한 남자의 욕망, 그리고 남성적 매력을 향한 여성의 현실적 욕망이 재빠르게 나타난다. 사랑, 동화, 신뢰라는 낱말들로 이어지는 욕망의 거리낌 없는 발현은 때로 기품이라는 말로, 때로는 위선이라는 말로 해석되는 부르주아 사회로의 진입을 보여준다. '사랑'을 감싸고 도는 두 낱말 "동화"와 "신뢰"는 각각 지나가고 있는 낭만주의 시대와 도래하고 있는 리얼리즘 시대의 표징처럼 들리기도 한다. 사랑이란 현실에서 이루어질 수 없는 환상 속의 것, 곧 동화의 세계로 인식되던 것이 18세기 낭만주의의 관습이었다. 『파란꽃』의 노발리스, 그리고 『빌헬름 마이스터』보다 20년 전에 발표되었던 괴테 자신의 『젊은 베르테르의 슬픔』이 그러했다. 그러나 다가오는 19세기는 냉혹한 현실이 지배하는 리얼리즘의 시대다. 환상과 낭만 대신 물질과 계약의 시대다. 다시 말하면, 신뢰의 시대다. 사랑도 예외가 아니다. 아니, 사랑이야말로 다른 무엇보다도 신뢰가 소중하다. 빌헬름이 나탈리에의 손을 잡고 사랑이라는 말 대신 "진정한 신뢰를 주고받을 때"라고 말하는 것은 따라서 매우 의미심장하다. 여기서 신뢰라는 말 못지않게 "주고받는다"는 표현도 근대의 핵심을 관통하는 인간관계의 거래를 연상시키는데, 남성이 이러한 표현으로 여성을 유인, 포박하고 여성을 동화성으로부터 벗겨 내는 장면이 주목된다. 요컨대 근대가 진행되고 있는 것이다.

20세기에 시작된 우리의 소설도 범박하게 말해서 우리의 근대와 궤를 같이한다고 말해도 무방할 것이다. 그 한 전형으로 춘원 이광수의 소설을 보자. 장편 『무정』의 한 장면이다.

저들에게 힘을 주어야 하겠다. 지식을 주어야 하겠다. 그리하여서 생활의 근거를 안전하게 하여 주어야 하겠다. "과학! 과학!" 하고 형식은 여관에 돌아와 앉아서 혼자 부르짖었다. 세 처녀는 형식을 본다.

"조선 사람에게 무엇보다 먼저 과학을 주어야 하겠어요" 하고 주먹을 불끈 쥐며 자리에서 일어나 방안으로 거닌다. "여러분은 오늘 그 광경을 보고 어떻게 생각하십니까"[10]

1917년에 발표된 장편소설 『무정』은 일제 강점 초기에 이른바 개화라는 이름으로 추진된 우리 사회 근대의 성격을 잘 부각하고 있다. 여기서 강조되고 있는 과학은 합리성, 실용성이라는 이름으로 전근대적 취락 사회, 봉건 사회로부터의 탈피를 말하는 것이며, 일반적으로 긍정적인 내포를 띠어 왔다. 그러나 편집자 김철의 해설이 지적하듯이 이 소설은 긍정적이든 부정적이든 "지난 세기 이래 한국인들이 어떤 욕망에 들려 있었던가를 가감 없이 보여주는 정밀한 거울"이다. 전국 곳곳으로 주인공들을 실어 나르는 기차, 그리고 소설의 적지 않은 장면에 출몰하는 경찰에 특히 주목하는 해설자는 근대 국민국가에 대한 욕망을 보여준다는 점에서 『무정』의 소설사적 의미를 확인한다. 이렇게 시작된 근대 소설은 일제로부터의 해방과 남북 분단, 독립국가 탄생, 6·25 전쟁, 4·19 혁명, 군사 정권과 광주민주화운동 등을 거치면서 발전해 왔다. 이 과정에서 소설은 그 형식면에서 구조의 미학을 구축해 왔는바, 그것은 대체로 E. 슈타이거와 R. 웰렉 류의 장르 형식에 따른 것이었다. 즉 플롯을 중심으로 한 질서와 조직이 중요한 요소로 받아들여졌다. 적어도 21세기 진입을 전후한 최근 10년 남짓 그 이전까지 이러한 미학적 관습은 근본적인 반성이나 저항 없이 수용되었다.

그러나 최근 이러한 전통적 소설 미학은 근본적인 도전에 직면한다. 이 도전은 물론 영상 문화로부터 비롯된다. 아날로그 시대의 종말과 디지털 시대의 번성으로 요약될 수 있는 매체 문화 환경의 혁명적인 변화는 마침내 소설의 뿌리를 뒤흔들고 있다. 자, 소설들은 어떻게 달라지고 있는가. 그 현장 속으로 들어간다. 최근 10년 안팎에 활발한 활동을 보이고 있는 아홉 명의 소설가들을 중심으로 그 현장을 구체적으로 짚어 본다.*

오늘날 독서에서 작가의 영향력은 눈에 띄게 감소한 반면 독자의 영향력은 날로 강력해지고 있다. 책의 의미는 작가의 창조적 재능이 아니라 독자의 취향에 따라 결정된다. 어떤 사람들은 말한다. 책에는 독자가 메워야 할 수많은 빈칸이 존재한다고. 독자가 그것을 채우기 전에는 모든 책이 본질적으로 미완성 원고에 불과하다고. 심지어 잘나가는 텔레비전 드라마는 시청자들이 결말을 좌우하기도 한다. 당신의 취향은 불치병으로 시름시름 죽어 가는 여자 주인공을 벌떡 일어나게 할 수도 있고 운명의 장난으로 적이 된 연인을 다시 맺어 줄 수도 있다.[11]

---

* 아홉 명의 소설가는 김경욱, 박성원, 백민석, 박민규, 백가흠, 이기호, 백연옥, 김애란, 그리고 김영하다.

문장이 위험하고 불결했다면 숫자는 뻔뻔하고 가증스러웠다. 그는 문장을 버린 것과 같이 숫자를 버렸다. 숫자를 버린 그는 자신만의 새로운 언어를 발견하지 못한 채 시나브로 평범해져 갔다. 심연은 그를 삼켜 버렸고 그 자신이 하나의 심연이 되었다. 평범해진 그는 영재를 위한 맞춤식 교육을 받기 위해 미국에 갈 필요도 없었고 부모의 궁핍에 짐이 되지도 않았다.[12]

앞의 두 인용은 김경욱의 소설집에 수록된 두 편의 작품 「위험한 독서」와 「게임의 규칙」에서 각각 발췌한 부분들이다. 이 부분들은 모두 소설의 전체 맥락과는 다소 거리를 지닌 상황이라 하더라도 오늘의 현실 속에서 활자 문학→독서→책으로 연결되는 문학의 전통이 지닌 위상에 대한 보고를 흥미롭게 행하고 있다. 이에 의하면 작가와 독자의 관계에서 작가=창작가, 독자=수용자라는 오랜 인식은 급격하게 무너지고 있다. 책의 의미는 창조적 재능 아닌 독자의 취향에 의해 결정된다는 것이다. 어떻게 이렇게 되었는가. 그 이유는 간단하다. 문제는 인터넷이며 영상 매체인 것이다. 인터넷 매체는 작가에 의한 일방통행 아닌 이른바 댓글이라는 형식을 허용함으로써 독자 쪽의 참여를 무차별 허용하는 시스템으로, 익명으로 이루어진 독자 참여는 때로 폭력적인 시위의 양상을 보일 정도다. 래디컬한 보기는 텔레비전 드라마와 같은 영상 형식에서 드러나 극 진행 중에도 끊임없는 간섭이 이루어짐으로써 그 내용과 방향이 바뀌기도 한다는 것이다. 인용 두 번째는 한 천재 소년의 성장을 묘사하면서, 글을 잘 읽고 잘 쓰는 그가 결국 글(문장)과 숫자를 버릴 수밖에 없었다는 사실을 적어 놓고 있다. 문장은 자신을 표현하고 사회와 소통하는 능력을 불신당하는 것으로 나타나며, 숫자는 보다 철학적인 의미에서 그 표현 양식의 진실성이 회의된다. 소설가 김경욱의 이러한 진술은 영상 문화와의 본격적인 비교와 더불어 이루어진 것은 아니라 하더라도, 해체론의 소설적 적용과 함께 우리 소설 문학의 전면에서 진행되고 있는 엄청난 환경의 변화를 위협적으로 드러낸다.

아날로그 시대의 한 표본이 된 활자 문학의 위상이 디지털 시대의 영상 문학과 문화 일반을 통해 직접적으로 대비되는 상황은 박성원의 소설 「댈러웨이의 창」에서 보다 구체적으로 그려진다.

"취미로 사진을 하시는 모양이죠?"

사내는 양손에 가득 담긴 잡다한 물건을 건네며 내게 말했다. 내가 어떻게 대답해야 할지 몰라 시들먹한 표정으로 사내의 손에 있던 물건을 집어 들었다. 그러자 사내는 다시 말을 이었다.

"저도 비슷한 일을 합니다. 저기 보이는 스캐너와 노트북으로 광고용 스틸을 편집하죠! 그래픽으로 색 보정하고, 콘트라스트 보정하고…… 사진을 해보셨으니 잘 아시겠네요. 하지만 제 직업을 말하기가 부끄러워요. 컴퓨터로 작업한다는 게 원본 사진에 없는 사실을 덧붙이는 것이니까요. 진실을 외면하고 거짓을 만들어 내는 게 제 직업이죠."

사내가 이사 온 그날 밤, 나는 새로 옮긴 지하 암실에서 밤늦도록 작업을 했다.[13]

두 명의 사진작가를 주인공으로 하고 있는 이 소설에서 '나'는 작업실과 암실을 가진 아마추어 사진가다. 다른 한편 그의 집 이층에 세를 든 남자는 노트북, 스캐너, 액정 빔 등 최신 기기를 갖춘 사진작가다. 이 두 사람은 동일한 일, 즉 사진이라는 영상 매체에 직접적으로 종사하는 근대/탈근대를 대변하면서 지나간 근대의 몰락과 탈근대의 부상을 극명하게 대비시킨다. 낡은 사진 기기가 졸지에 폐품처럼 되어버린 집주인과 첨단 기기로 디지털 매체를 자랑하는 젊은 남성은 디지털 쪽 작가의 잘나가는 일상을 통해서도 그 명암이 대비된다. 디지털 쪽은 여성 교제도 잘하고, 최신의 사진 세계에도 밝지만, 아날로그 쪽은 도무지 아무것도 제대로 되지 않을 뿐 아니라 이해력도 더디다. 요컨대 이제는 디지털 시대임이 명백해지는 것이다.

디지털과 더불어 찾아온 영상 문화의 소설적 침투는 날이 갈수록 가속화되는데, 그 폭발적인 등장의 앞머리에 소설가 백민석이 있다.

그녀는 아주 무료하게 그것을 보고 있었다.

그것은 어느 용역 사무실의 에피소드들을 다룬 포르노 필름이었다. 중국식 종이 우산이 샛노란 사무실 벽면에 활짝 피어 있고, 일본 가부키 배우의 전신 사진이 맞은편 벽을 장식하고 있었다. 야자수가 따분하다는 듯 길게 잎들을 늘어뜨린 채 문 옆에 서 있었다. 그러한 사무일 안에서 세 명의 여자가 적당한 일거리가 들어오길 기다리며 대기하고 있었다.

"진저 린 알렌, 이야"

(……)

그 캔디 바처럼 흔해 빠지고 손쉽게 긁어모을 수 있는 시간에 우리는 그렇듯, 포르노 필름의 대사들을 따라 외우고 있었다.

(……)

그때면, 여자들끼리 섹스할 때면, 여자들은 더욱 유연해지고 좀 더 흥분하며, 마치 땅콩 버터처럼 피부가 기름지고 먹음직스러운 빛을 발한다.

"저건 필름 속 세상에서의 일일 뿐이라구."

(……)

어쨌든 그것은 필름 속의 세상이었다. 내 목젖에 입술을 대고 있는 그녀는, 필름 속 세상과 현실이 얼마나 다른 것인가 실감하고 있었다. 우리의 현실은 저, 포르노그래피 앞에서조차 무릎을 꿇어야 한다.[14]

충격적인 장면이다. 예술이냐, 외설이냐는 시비가 지나간 지 불과 얼마 되지 않은 시점에 홀연히 등장한 이러한 장면은, 그러나 의외에도 이와 비슷한 아무런 논란을 유발하지 않았다. 그 대신 젊고 유능한 평론가를 초대해서 본격적으로 그 의미를 탐구케 했다.

이렇게 소설의 주요 사건이 벌어지는 곳곳에서는 인간 존재를 한낱 물리적 사실에 불과한 것으로 만드는 폭력이 난무한다. 그 잔혹한 폭력의 장면들은 새도-마조히즘적 과장이 역력할 정도로 강력하게 처리되어 문학적이라기보다는 연극적이다. 공포와 스릴 효과를 극단적으로 추구한 그 일련의 장면들은 소설 전체를 통해서 충격적인 스펙터클을 이룬다. 이러한 폭력의 스펙터클화는 확실히 기괴한 것이다. 그것은 어떤 적정한 정도를 넘어 활개치는 인간의 욕망, 정열, 권력의 걷잡을 수 없이 매혹된 상태를 보여준다. 한창림, 박태자 이야기의 서사를 움직이는 것은 한마디로 말해서 '초과'excess에 대한 열광이다. (……) 현재로 보면 초과의 환상은 무엇보다도 대중문화의 두드러진 특징 중의 하나이다.[15]

이러한 평가는 『내가 사랑한 캔디』에 관한 것은 아니다. 그러나 동일한 작가 백민석이 훨씬 더 과격한 수법을 구사하면서 쓴 장편 『목화밭 엽기전』의 해설 형태로 발표된 것으로, 백민석의 소설 세계를 본질적으로 아우르는 비평으로 읽기에 상당하다. 물론 해설은 백민석 소설의 특징을 영상 문화의 대두에 따른 현상으로 보는 견해에 이르지 않고, 사드의 「소돔」, 니체의 '디오니소스', 심지어 브람 스토커의 『드라큘라』를 연상시키는 일련의 '적대 문화' 스타일로 관찰한다. 그렇기 때문에 "규범을 위반한 삶의 무서운 매혹, 섬뜩한 숭고"라는 다소 지나친 긍정적 해석을 낳는다.

그러나 백민석의 소설들은 황종연의 평가를 합당한 것으로 일부 받아들이면서도 이보다 더 중요한 핵심적인 문제를 제기한다. 그것은 앞의 인용이 보여주는 것과 같은 영상 문화의 유입이라는 문제다. '습격'이라고 표현해도 좋을 영상 문화의 침입은 영화관의 영화와 텔레비전 외에도 PC 혹은 PC방에서의 인터넷을 통한 각종 프로그램과 DVD, CD 등의 형태로 무수하게 널려졌고, 종이 만화책 역시 여기에 중요한 몫으로 가담한다. 문제는 이들이 시청자/독자와 만날 때, 그 대부분의 조우 프로그램이 섹스와 폭력이라는 사실이다. 가장 대표적인 영상인 영화의 경우, 최근의 한국 영화, 그것도 괜찮은 작품으로 평가되고 있는 많은 영화들이 여기에 해당된다. 예컨대 〈말죽거리 잔혹사〉라는 폭력물을 전후해 〈친구〉, 〈나쁜 남자〉, 〈올드 보이〉, 〈친절한 금자씨〉, 〈오로라 공주〉, 〈범죄의 재구성〉 등등이 한결같이 폭력과 섹스를 화두로 삼고, 내용으로 한다는 공통점을 지니고 있다. 이른바 포스트모더니즘 논의 이후의 문화가 영상 중심으로 옮겨 가면서 '해체'의 선봉에 영화가 서 있는 느낌이다. 문학은 그 뒤를 추수적으로 따르고 있다. 「내가 사랑한 캔디」라는 백민석의 소설은 벌써 그 제목에서부터 이 같은 영상 추수적 심리를 고백한다. 캔디란 영상 인물 아닌가. 그런 의미에서 앞의 인용 장면이 보여주는 포르노 필름은 매우 시사적이다. 그것은 '필름'이며 동시에 '포르노'다. 한국 소설은 바로 이렇듯 포르노 필름의 침입을 받고, 포르노 필름과 뒤섞인 채 어수선한 해체 현상을 보여주는 것이다. 어떤 때는 다만 필름이라는 영상을 향한 동경과 동화同化로, 어떤 때는 포르노만을 받아들이는 섹스의 현장으로, 그리고 또 어떤 때는 양자가 혼류하는 잡종의 서사로 인해서 서사 자체의 아이덴티티가 부유하는 모습이 되고 있다. 그러나 백민석의 데뷔작에서 가장 주목되는 이 메시지는 이후 우리의 숙제가 되었다는 점을 간과할 수 없다.

우리의 현실은 저, 포르노그래피 앞에서조차 무릎을 꿇어야 한다.

3

엽기와 폭력의 불연속성

포르노그래피 앞에서 무릎을 꿇어야 한다는 백민석의 과감하면서도 침통한 명제는 이후 안타깝게도 우리 소설의 현실을 지배하는 코드가 되어 가고 있다. 백가흠, 편혜영, 이기호 등이 보여주는 야비하고 저질스러우며 엽기적인 묘사들은 그 실태 보고 외에 다름 아니다. 역시 몇몇의 예문이 필요할 것이다.

달구의 늙은 노모가 달구에게 매를 맞고 있다. 노모의 검버섯 곱게 핀 뺨이 벌그죽죽하다. 바람횟집의 남자가 막 여자의 질 안에 삽입을 시작했을 때, 달구분식의 노모는 가지런히 쪽 찐 머리가 일순 헝클어지도록 세차게 귀뺨 한 대를 아들에게 얻어맞았다. 천장으로 넘어온 여자의 웃음소리는 가는 신음소리로 변하고 있다. 바람횟집 여자는 자신의 신음소리가 새어나

가지 못하게 엎드려서 손으로 입을 막고 있다. 달구의 노모도 비슷하다. 손으로 입을 막지는 않지만, 어금니를 단단히 물어 거친 숨소리만 코로 작게 새어나온다.[16]

근대 한국 소설 한 세기를 통틀어 가장 엽기적이며 패륜적이라고 할 만한 이러한 장면들은 백가흠의 소설 도처에 무수히 펼쳐진다. 하기야 '근대' 아닌 '탈근대'를 표방하기에, 이 소설을 근대 소설의 범주에 포함시키는 것은 아마도 작가부터 거부할지 모른다. 그러나 이런 소설을 그럼에도 '섬뜩한 숭고'로 계속 인정해야 할 것인가. 어쩌면 이 역시 작가부터 거부할지 모른다. 이런 소설에 대한 동시대 평론가의 분석은 이렇다.

① 우리는 백가흠의 소설들 역시 기괴하나마 사랑 이야기란 사실을 인정해야 한다. (……) 피학적 헌신, 가학적 폭행, 살인, 강간, 신성모독 등이 백가흠의 주인공들이 주로 택한 사랑의 방식이었다. (……) 모든 남성들의 사랑을 결정하는 아주 간절하고도 원형적인(그러나 동시에 유아적이고 퇴행적인) 사랑이다.[17]

② 유아적이기만 한가? 그것은 또한 폭력적이기도 한데, 백가흠 소설 속에 만연한 모든 폭력이 사실은 바로 이 남성 판타지에서 비롯된다는 점은 주의를 요한다. (……) 일가족 살해 (……) 여인에게 행하는 겁탈 (……) 집단 폭행 (……) 연쇄살인 등등, 그 모든 폭력의 밑바닥에는 주체할 수 없는

'질투'가 가로놓여 있다. 그리고 질투는 남성 판타지의 동력이자 그것을 지배하는 감정이다. 기본적으로 남성 판타지를 지배하는 감정의 주조는 아버지에 대한 질투이기 때문이다. 아버지에 대한 질투, 성녀와 창녀 사이를 오락가락하는 어머니에 대한 양가감정, 이런 것들이 전체적으로 백가흠의 소설을 잔혹하게 피로 물들인다.[18]

③ 억압이 없는, 또한 억압이 없으므로 죄책감이나 고통이 수반되지 않는 즐거운 정신병리, 그것이 도착이다. 최근 우리 소설들의 특징을 '무중력' 상태라는 비유로 표현하는 경우가 종종 있는데 억압이 존재하는, 그래서 느슨하나마 현실 원칙과의 긴장을 유지할 수밖에 없는 편집증보다는 억압 자체가 존재하지 않는, 그래서 어떠한 현실 원칙도 개입하기 힘든 도착이 이 비유에는 훨씬 적합해 보인다. 백가흠 외에 다른 예들을 아직 찾기 힘든 탓에 '산발적으로는 찾아진다'. 일반화하기는 힘들겠지만, 어쩌면 편집증과 도착의 차이는 시대의 차이일 수도 있다.[19]

탁월한 지적을 많이 담고 있는 이 같은 분석 가운데서도 특히 주목되는 부분은 인용 ③이다. 해설자 김형중은 해설 전체를 통해 두 가지 문제를 지적하는데, 그 하나는 작가의 폭력성/엽기성이 사드의 그것과 흡사한 근대의 합리성 비판이라는 점이며, 다른 하나는 인용 ③에서 분석해 낸 바와 같이 억압 없는 즐거운 정신병리로서의 도착이 이 작가의 세계라는 점이다. 두 가지 지적은 모두 타당해 보인다. 그러나 김형중의 날카로운 분석은 백가흠의 소설을 도착으로 관찰하면서 편

집중과 도착의 차이를 시대의 차이로 본 점에 있다. 그는 아직 일반화하기는 힘들다고 최근의 다른 소설들과의 관계에 조심스러운 입장을 보이고 있으나, 사실은 이미 일반화가 가능한 수위에 올라서 있는 것으로 생각된다.

해설자의 열거와 해석대로 백가흠 소설의 남성 주인공들은 확실히 유아적이고 퇴행적인 사랑에 집착함으로써 폭력화의 길을 걷는다(가학·피학적 섹스 또한 폭력의 다른 이름이다). 이러한 사랑의 수행을 '남성 판타지'라는 이름으로 부를 수 있느냐 하는 문제는 검토를 요한다. 그러나 퇴행·결핍·욕망이 억압과 만나면서 일종의 편집증적 정신병리를 보이는데, 많은 소설들은 결국 이러한 병리의 소산이라고 보는 김형중의 견해는 프로이트식의 분석을 이끌어 올 경우 타당할 수 있다. 문제는 퇴행적 폭력성이 어떻게 남성적 판타지와 동의어로 발전하게 되었느냐는 사실이다. 거기에는 억압의 거부가 있고, 편집증으로부터의 일탈이 있다. 따라서 고전적 소설 이론과 프로이트에 따른다면 백가흠류의 소설은 이미 소설이 아니라는 견해도 가능하다. 그렇기 때문에 '편집증' 대신 '도착'으로 본 견해가 탁월한 것일 수 있는 것이다. 여기서 다시 문제는 문제로 이어진다. 억압을 거부하고 회피하면서도 '소설'이라는 이름에 수용될 수 있는 '도착'은 어디서 왔으며, 어떻게 수용 가능한 것인가. 그 해답을 '시대'에서 찾은 것은 매우 예리한 안목이다.

그 시대란 다름 아닌 '영상 시대'다. 영상 시대가 젊은 소설가들을 폭력을 일삼는 불량배, 패륜아에서 '남성 판타지'의 주인공으로 올려

주었고, 억압 없이 즐겁게 날뛰는 광기에는 '도착'의 작가라는 이름을 붙여 주었다. 영상 문화는 그만큼 폭력과 섹스, 광기와 도착에 관대해진 것이다. 이러한 관대에 힘입어 영상 문화는 그 위력을 바로 소설 문학에 뻗치고 있으며, 소설은 기꺼이 화답하는 형상이라고 할 수 있다. 이 엽기적 도착의 현장은 해설자의 겸손과 달리 계속 다른 작가들에게서도 발견된다. 이기호라는 작가의 경우를 보자.

> 나는 가만히 서 있어. 스타일 구기게 숨을 수는 없잖아. 계집애들처럼 떨수는 없잖아. 그러나 나는 무서워. 매니저가 무서워. 똘마니들이 무서워. 그녀가 무서워. 무서워 무서워. 무서워도 티내지 않고, 그렇게 그렇게, 서 있어야 했어. 나는 생각해, 나는 다짐해, 나는 버니를 몰라, 버니라는 랩퍼를 몰라, 버니의 본명이 순희라는 것도 몰라, 순희가 내 밑에서 일했다는 것도 몰라, 순희가 밤마다 여관으로, 여관으로 출장 간 걸 몰라, 몰라 몰라, 아무것도 몰라, 랄랄랄랄 랄랄랄 랄라 라라라[20]

위 인용은 세 가지 점에서 특징적이다. 첫째는 단문의 독백형 서술이다. 행동을 근간으로 하는 전통적 서사 아닌, 모노드라마를 연상시키는 연극 대사와 비슷한 풍경이다. 다음으로는 속칭 보도방이라고 불리는 이동식 집창촌 여성인 순희와 그녀를 관리하는 남자인 '나'의 이야기로 꾸며진 폭력과 섹스의 비루한 현실이라는 소재다. 이 소재는 단순한 소재 아닌, 지금 우리가 살펴보고 있는 새로운 소설들이 보여주는 일관된 무대의 한 부분이다. 끝으로 특징적인 면은, 그럼에도 불구하고 이른바 랩풍의 경쾌한 톤으로 분위기가 경쾌하게 전개되고 있다는 사실이다. 이러한 특징들은 전통적 서사 장면에 익숙한 전통적인 독자들에게는 역시 충격적이다. 몸을 팔고 다니는 젊은('어리다'고 하는 편이 더욱 어울린다) 여성과 속칭 '더러운' 이야기가 어찌 이렇게 '즐거울' 수 있단 말인가. 소설의 화자 상황을 더 읽어 보자.

내 나이 열아홉, 세상이 좆같다는 걸 충분히 알 나이, 사람이 어떻게 죽는지, 잘난 놈은 어떻게 사는지, 못난 놈은 어떻게 되는지, 충분히 알 나이, 돈이 왜 좋은지, 사람은 왜 때리는 걸 좋아하는지, 몰려다니는 게 좋다는 걸, 혼자 남으면 무섭다는 걸, 모두 다 아는 나이.

나는 고등학교 중퇴자, 나는 최선을 다했어. (……) 나는 보도방을 차렸어. (……) 우리는 돈 벌어 좋아, 우리를 욕하지 마, 네 가슴에 손 얹고 생각해, 싸다고 욕하지 마, 어리다고 욕하지 마, 영계를 찾은 건 너희야, 계집애들은 충분해. 돈 못 벌어 환장한 계집애들, (……) 우리 인생이 어디서부터 꼬였는지 몰라, (……) 인생이 그렇게 되리라는 걸, 그것을 알아. 랄랄랄랄랄 랄랄 랄라라라라라라[21]

키덜트라는 말이 있다. '아이 어른'이라는 말일 것이다. '해체' 현상 이후 보편화된 경계 없음의 현실은 연령과 세대 붕괴로 이어져 어른 같은 아이, 아이 같은 어른들이 실제로 난무한다. 그렇다면 이 소설의 주인공들, 즉 고등학교를 중퇴한 18, 19세의 소년 내지 청년들은 키덜트일까, 아닐까. 아이도 아니겠지만 그들의 법적 지위와 상관없이 어른으로 보는 것도 역시 무리일 것이다. 그런데, 그들이 '여자 장사'를 하고 있다. 이유는? 오직 돈 벌기 위해서다. 이런 세상이 옳지 않다는 것, "인생이 어디서부터 꼬였다"는 것을 그들도 알고 있다. 그러나 그들은 후회의 한숨 대신 즐거운 랩풍의 노래 "랄랄랄랄―"을 부르며 그 잘못된 일을 그대로 즐긴다. 이 소설에 대해서 중견 평론가 우찬제의 해석은 이렇다.

> 무엇보다 이기호의 소설에서 이야기꾼은 독자와 직접 대면하기를 소망한다. 이야기 마당에 모여든 청중―독자들과 직접 소통하기를 바란다는 얘기다. 그의 소설은 대개 1인칭 화자에 의한 직접화법의 세계에 가깝다. 가령 "왔어 왔어, 그녀가 왔어, 나를 찾아왔어, 사무실로 왔어, 우릴 보러 사무실로 왔어"로 시작되는 '버니'는 현대의 판소리랄 수 있는 랩 가사의 형식으로 이야기를 직접 전달한다. 아니 이야기를 랩의 리듬으로 부른다. 혹은 경쾌하게 노래한다. (……) 간접화법의 형식을 피하고 직접화법의 세계를 지향한다. (……)
> 이런 맥락에서 「햄릿 포에버」에 나오는 "때론 현실보다 더 생생한 환각도 있으니까요……"라는 문장이 주목된다. (……) 본드를 불고 환각의 세계로 입사하여 햄릿을 직접 만난 희곡의 내용은 물론 연기 지도까지 받는다는 설정이 이 소설의 주춧돌이다.[22]

매우 긍정적인 관찰이다. 그는 특히 직접 화법을 선호하는 작가의 태도와 기법을 주목하면서 그것을 '소통의 진정성'이라는 차원에서 바라본다. 서술자의 매개가 심하면 이야기꾼으로서의 작가의 존재가 약화되기 쉬운데, 그 매개의 정도가 약하면 장면적인 진실성이 높아진다는 것이다. 그러나 이것을 다른 논리로 바꾸면, 직접 화법은 보다 연극적이라는 말로 요약될 수 있으며, 더 나아가 영상의 한 장면으로 제시되고 있다고 말할 수 있다. 이와 더불어 눈여겨보아야 할 것은 "현실보다 더 생생한 환각"이라는 문장이다. 이 환각은 영상성과 함께 이기호의 소설을 확실히 연극적인 것으로 만들면서 극적 형식을 추구한다. 그러나 이 속에는 마치 품바 공연의 일인 주인공의 내용처럼 너절하고 '엿' 같은 현실이 지저분하게 깔리는데, 작가 역시 스스로를 '나쁜 새끼'라고 자조, 과장하는 도착이 배제되지 않는다. 죄책감과 고통이 없는 '즐거운 정신병리'가 직접적으로 허용되는 극적인 형식이 선호되는 이유다. 현실이 두렵고 무서워도 "스타일 구기게 숨을 수는 없다"는 화자의 독백에 나타나는 '스타일'이 바로 이것이다.

『스타일』이라는 장편소설을 쓴 작가도 있다. 인기 만화 『빨강머리 앤』과 『키다리 아저씨』를 좋아한다는 소설가 백영옥의 작품인데, 아닌 게 아니라 만화 같은 소설이다. 한 신문사의 1억 원 고료 당선작인 이 소설의 성격은 심사위원들의 다음과 같은 심사평에서 간결하게 드러난다.

스타일은 재기발랄한 작품이다. 젊은 세대들이 소비하고 들여다보기를 열망하는 음식, 패션, 섹스 등의 세계를 매우 역동적으로, 수다스럽게, 대단히 잘 읽히는 문체로 그려냈다. (……) 더러운 세계를 견디면서 진정성을 지켜 가려는 젊은이들을 자기 세대로 끌어안기를 전혀 피하려 하지 않았다는 점, 그리하여 이 시대의 피상성, 깊이 없음을 쿨하게 잘 형상화했다는 점 등이 돋보인다.[23]

여기서 눈길을 끄는 말은, "진정성을 지켜 가려는 젊은이들을 자기 세대로 끌어안기"라는 표현과 "이 시대의 피상성, 깊이 없음을 쿨하게 잘 형상화"라는 표현이다. 그러나 과연 진정성을 지켜 가려는 젊은이들이 이 소설 속의 등장인물들일까. 그리고 이 시대의 깊이 없음을 쿨하게 형상화했다는 말 속의 '쿨하게'란 과연 어떤 것일까. 요컨대 진정성 있는 젊은이들을 끌어안고 그것을 쿨하게 형상화한 그 스타일은 어떤 것일까. 미상불 궁금해진다. 그러나 이 소설에서 그 독창적인 스타일과 방법을 찾기란 쉽지 않다. 눈에 띄는 게 있다면, 지나친 갈등이나 고민 없이 소비적 세속에 잘 순응하고 있는 젊은이들의 모습이다. 이때 그 모습은 소설에 이따금 나오는 표현대로 "누르면 나오는 자판기 커피처럼"(290쪽 등등) 거의 기계적이라고 할 정도로 부드럽다. 이 기계적 부드러움이 아마 '쿨'일 터인데, 그것은 반성적 개입이 생략된 영상의 또 다른 풍경이다. 그리하여 소설의 진행은 마치 성인 만화의 그것처럼 불연속적이며 또 연속적이다.

불연속적 연속성의 특징은 만화에서 가장 두드러지는데, 이러한 만화적 성격과 가장 근접해 있는 소설도 나타났다.

『지구영웅전설』, 『핑퐁』 등의 화제작으로 이목을 끈 박민규라는 소설가다. 그는 형식면에서나 내용면에서 모두 만화의 모방 등 압도적인 영향을 솔직하게 시인하면서 소설의 새로운 면모를 연다.

"설리번, 자료실의 메건입니다. DC 코믹스*의 협조를 구할 필요도 없었
어요. 만화에 조금이라도 관심이 있는 사람이라면 누구나 기억하는 사건
이더군요. 그러니까 둠스데이란 괴물이 정말 등장했고, 결국 이 괴물을 막
을 방법이 없다고 판단한 슈퍼맨은 괴물을 끌어안고 멀리 우주로 날아가
함께 자폭합니다. 물론 만화 「슈퍼맨」의 이야기죠. 햇수도 정확합니다.
1992년이에요."

"그 책들은 모두 구했나?"

"네, 물론입니다."

"책의 내용을 꼼꼼히 살펴봐 주기 바라네. 그리고 바나나맨이란 인물이 등
장하면 나에게 즉시 알려주고, 성가시게 굴어 미안하네."

"뭘요, 힘든 일도 아닌데."

따릉

"닥터 설리번, 메건입니다. 아무리 뒤져도 그런 인물은 등장하지 않습니
다. DC 코믹스에 물어봐도 그런 이름의 영웅은 없다고 하는군요."

"바나나맨은 없단 말이지?"

"네, 바나나맨은요."

---

* 미국의 유명 만화 산업체. 슈퍼맨, 배트맨 등의 인기 히어로들을 중심으로 후발 업체인 마블
(Marvel)과 함께 액션 히어로 만화 시장의 양대 산맥을 이루고 있다.[24]

만화 산업의 내막과 정보를 친절하게 소개하면서 동시에 그 만화적 성격을 그대로 소설에 빌려 오는, 이제까지 우리 소설이 전혀 경험하지 못한 낯선 세계를 열어 보여준다. 만화의 특징은 크게 두 가지 면에서 살펴지는데, 즉 내용면과 형식면이다. 형식면에서는 앞서 언급했듯이 진행의 불연속성이다. 사건의 인과관계도 부정확하고 크기와 경중도 예상되지 않으며, 비약과 단절도 예사로 행해진다. 무엇보다 그림에 의해 과장되거나 생략됨으로써 글의 위상은 상대적으로 부차적인 것이 된다. 내용면에서도 만화는 특이한 위치를 갖는다. 특히 오늘의 만화들은 영상물의 특징들을 그대로 지님으로써 폭력과 섹스의 온상 같은 혐의를 받고 있는 것이 현실이다. 게다가 주인공들의 상황, 즉 인물의 이름과 위치도 지극히 비현실적인데, 그렇다고 해서 환상적이지도 않다. 박민규의 소설 앞의 인용 부분이 보여주듯이 슈퍼맨, 배트맨 등의 내용이 대표적이다. 현실적인 이슈, 어떤 경우에는 그 핵심에 닿아 있으면서도 전개 방식이 황당무계하다. 마법적일 뿐 아니라 폭력적이어서 현실에서는 도저히 해결될 수 없는, 그리고 정통 문학의 질서 안에서는 많은 구조를 통해 고민하고 제시해야 할 과정과 결과가 엉뚱하게 수행되고 해결된다. 박민규의 『지구영웅전설』도 미국의 세계 지배 전략이라는 엄청난 문제를 주제로 삼으면서도 이를 만화적 수법으로 처리함으로써 쉽게쉽게 해결되는 듯한 착각을 불러일으킨다. 만화가 문학 안으로 들어오지 못하는 치명적인 이유다. 소설에서 슈퍼맨과 배트맨이 설 자리는 없기 때문이다.

세끄라뎅의 목소리가 들린 것은 돼지와 오므라이스와, 그 밖의 토막토막
브로콜리 조각과도 같은 얘기들을 한참이나 나누고 난 후였다. 몸을 일으
켜 고개를 돌려보니 벌판의 끝, 정도의 먼 거리에 거대한 생물이 서 있었
다. (⋯⋯) 성큼성큼, 여러 개의 다리를 움직여 그것이 다가오기 시작했다.
나는 또다시 라켓을 움켜쥐었다.

(⋯⋯)

그저

핑퐁이 시작되었을 뿐이야. 무감한 머리를 기울이며 세끄라뎅이 얘기했
다. 핑퐁은, 하고 세끄라뎅은 다시 한숨을 쉬었다. (⋯⋯)

핑퐁핑퐁핑퐁핑퐁핑퐁핑퐁핑퐁핑퐁핑퐁

(⋯⋯)[25]

'핑퐁⋯⋯'은 세 쪽에 걸쳐서 무료하게 계속된다. 대체 이것을 소설
의 이름으로 받아들일 수 있는가. '세끄라뎅'이라는 출처 불명의 생물
에 대한 작가의 주석이 붙어 있기는 하지만, 전체적으로 맥락이 실종
된 문장들의 나열일 뿐이다. 작가 스스로 쓰고 있듯이 "토막토막 브로
콜리 조각과도 같은 얘기들"인데, 놀라운 사실은 민족 문학, 리얼리즘
등 거대 담론의 주창자들에 의해서도 이 작품 『핑퐁』이 높이 평가되
고 있다는 점이다. 그 이유는 밝혀져 있지 않다.

4

부권 파괴의 신인류

결국은 모든 것이 부권으로 상징되는 권위의 몰락과 관련된 듯이 보인다. 인문학의 거의 모든 분야에서 지적되고 공감되는 이러한 현상이 문학에서는 활자 문학의 권위 상실이라는 모습으로 나타나는 것이다. 그 상실은 소설에서 실종된 아버지, 매 맞는 아버지로 래디컬하게 폄하된다. 이러한 풍경은 영상 문화의 영향권에 덜 감염되어 있어 보이는 소설에서도 목격된다. 예컨대 이렇다.

나는 아버지를 믿었다. 그런데도 아버지는 계속 오지 않았고 나는 조금씩 초조해졌다. (······) 순간 나는 한 가지 중요한 사실을 깨달았다. 그것은 '나는 버림받았다'는 사실이 아니었다. 그것은 단순하고 모호한 문장, 먼 곳에서 수백 년 전 출발해 이제 막 내 고막 안에 도착하는 휘파람소리, '아

빠가 사라졌다'는 말이었다. 정말이지 아버지는 실종된 것이 틀림없었다.[26]

아버지의 실종으로 상징되는 권위의 상실이 활자 문화의 쇠퇴와 연결된다는 것은 이제 자연스러운 현실이 되었다. 포스트모더니즘의 등장과 해체론의 범람, 데리다류의 정보와 지식이 난무하면서 부권은 남근 중심주의로 매도되었고, 권위는 부관참시에 가까우리만큼 해체되었다. 도무지 전통적인 개념이란 그 어느 것도 온전치 못한 모습으로 팽개쳐졌고, 온갖 엽기와 패륜의 풍경이 '하위문화'라는 이름으로 새롭게 지지된다. 영상 문화, 그 가운데서도 인터넷 화상 및 동영상에 뜨는 갖가지 시스템은 이러한 현상을 가속화시키는 노릇을 하고 있다. 그리하여 오늘의 우리 문화와 사회를 움직이는 주인공은 지식인도, 정치인도 아닌(정치를 꼼짝 못하게 하는 네티즌들의 위력을 우리는 이미 여러 번 체험한 바 있다. 심지어 대의정치 대신 인터넷정치라는 말이 나올 정도다) 인터넷이라는 말이 공론화되고 있지 않은가.* 작가가 배제된 상태에서의 독자들의 상호 어울림은 정치인이 무력화되는 시민단체들의 활약, 스타들을 압박하는 이른바 팬덤 세력들의 발호 현상과 더불어 인터넷을 무대로 무섭게 전개된다. 소설 역시 여기에 투항, 굴복한 형상이 아닐까. 이들

---

* 인터넷 강국으로 불리는 우리나라는 그 보급과 영향면에서 미국, 유럽, 일본, 중국 등을 앞지른다. 각 개인의 기술적 능력은 물론, 한꺼번에 랜 설치가 가능한 대규모 아파트 단지도 그 주요 원인으로 꼽힌다. 그리하여 정치면에서의 인터넷 직접민주주의는 물론 문학에서도 전문 검증의 매개가 제거된 인터넷 직접 문학이 대두될 태세다.

을 일컬어 일찍이 '신인류'로 지칭해 온 소설가 김영하의 인물들은 이 대열의 선봉을 이끌어 온 형국이다. 아버지를 구타하는 그 인물을 들여다보자.

아빠가 방망이를 다시 치켜드는 사이 오빠는 그레코로만형 레슬링 선수처럼 아빠의 허리를 태클해 중심을 무너뜨렸다. 그러고는 방망이를 빼앗아 사정없이 아빠를 내려쳤다. 아빠는 등짝과 엉덩이, 허벅지를 두들겨 맞으며 엉금엉금 기어 간신히 자기 방으로 도망쳐 문을 잠갔다. (······) 그래도 매번 눈감아주는 이유는 그래도 오빠가 우리집 기둥이기 때문이다. 돈이 나와도 오빠 주머니에서 나오고 밥이 나와도 오빠 주머니에서 나온다. 아빠는, 이렇게까지 말하고 싶지 않지만, 식충일 뿐이다.[27]

『오빠가 돌아왔다』의 해설자 김태환이 지적하듯이 "돈과 폭력, 그리고 성욕에 의해 형성되고 유지되는" 가족의 질서는 이미 질서가 아닐 것이다. 모든 가치가 화폐 가치로 바뀌는 자본주의 사회에 대한 비판으로서 작가의 냉소와 전복의 시선은 인간들을 끊임없이 희화화하고 마침내 신인류新人類로 만들어 낸다. 이렇듯 악덕이 ── 폭력/섹스 ── 범람하고 있다는 사실은 그것이 이미 영상 시대의 중심에 진입해 있다는 증좌일 것이다. 김영하는 이미 1996년 자살 도우미를 주인공으로 다룬 소설에서 다음과 같은 엽기적인 장면으로 독자를 경악케한 바 있다.

"나는 바에 앉아 있는 마네킹이었어. 바 앞에 있는 의자에 앉아 있는 게 아니라 바 위에 앉아 있었지."

"그 위에 앉아서 뭘 했는데?"

"난 종이로 만든 옷을 입고 있었어."

(……)

"그러던 어느 날 다른 남자가 나타났어. 그 남자는 아르마니의 양복을 입고 있었고 아무래도 뒷골목의 건달 같았어. 그 남자는 내 앞에 앉자마자 삼백 달러짜리, 그건 가장 비싼 거였어. 그걸 떼어냈어. (……)

(……)

"나는 그의 집에서 살기 시작했어. 그의 집에서도 나는 종이옷을 입었더랬어. 단 한 사람 그를 위해서 말야. 그는 그때마다 돈을 지불하고 종이를 떼어냈어. 그러면 나는 그를 위해 일을 시작했지. 하지만 섹스를 해본 적은 없어. 대신 그 남자와 사는 석 달 동안 일 리터는 족히 넘을 그의 정액만 마셨을 뿐이야. 그는 결코 삽입 따위는 하지 않아. (……) 어느 날부터인가 나는 그의 정액을 모으기 시작했어. 그는 재미있어 했어. (……) 나는 그의 등 뒤로 돌아가 그에게 총을 겨눴어. 에비앙 병에 가득 찬 그 정액을 그에게 남김없이 마시게 했어. (……)"[28]

다섯 편의 소설을 담고 있는 첫 작품집에서 김영하가 쏟아 놓는 이황당한 엽기담은, 그러나 세기말의 새로운 문학 지형을 예고하는 칙칙한 그림책이 되었다. 자신이 구강 성교를 통해 쏟아 놓은 정액을 스스로 다시 먹는다는 해괴한 설정은 인간이 이미 인간이기를 거부한다는 논리와 통한다. 그럴 것이, 정액은 정상적인 성교를 통해 여성의 몸에 들어감으로써 새로운 생명의 씨앗이 되는 것이기 때문이다. 자신이 다시 마시는 정액은 말하자면 씨앗 죽이기, 즉 이미 살인이다. 작가가 소설의 제목을 '나는 나를 파괴할 권리가 있다'고 말했을 때부터 공공연한 메시지로 내세운 이러한 생명 거부는 자살을 고취하고 인류를 파탄시키는 일련의 작품들에서 끊임없이 변주되고 노골화된다. 그리하여 김영하의 소설을 읽는 일은 죽고 죽이는 놀이, 그리고 성인 PC방에서의 야한 동영상 보기와 크게 다를 바·없는 형국을 만든다. 그럼에도 불구하고 그가 새로운 시대의 대표 주자가 되고, 유수한 제도권 문학상을 휩쓸며 이제는 한국 소설의 견고한 랜드마크로까지 부상한 까닭은 무엇일까.

거기에는 영상 문화를 만나는 한국 문학의 두려움과 충격이 숨어 있다. 그러니까 활자 문학의 전통과 위의威儀에 집착해 온 자부심이 영상 문화를 받아들일 준비가 되어 있지 않은 상황에서 일종의 경기를 먹고 놀라면서 쓰러진 모습이라고 할 수 있다. 경쾌한 신무기의 공포에 지레 겁을 먹고 투항을 했다고 할까. 아무튼 김영하는 활자 세대의 환영까지 받으면서 보무당당하게 오래된 정원에 오히려 익숙한 발길을 내디딘 것이다. 이후 활자 문화와 영상 문화 사이의 갈등이 문학 분야에서 표출되고 있다면 그 이유의 상당 부분은 영상성의 이러한 무혈입성으로 인한 불가피한 대가일지도 모른다.

최근의 젊은 소설가들 가운데 이른바 호러 미스터리라고 불리는 작품들을 쏟아 내고 있는 편혜영, 김유진, 황정은의 경우를 김영하 계열의 연장선상에서 주목해 볼 필요가 있다. 『아오이가든』이라는 알쏭달쏭한 제목의 처녀 작품집을 통해 전염병이 창궐하고 있는 도시를 그리면서 개구리, 쥐, 구더기 따위와 함께 뒹구는 인간의 종말론적 상황을 편혜영은 내놓는다. 죽음보다 더 공포스럽고 더럽고 끔찍한 지옥의 분위기는 결국 이 시대가 죽음의 악령 속에 놓여 있음을 반증하는데, 그것은 김영하의 자기 파괴적 미학 선언 이후에 나타나는 자연스러운 결과로 보인다. 신원 불명의 시체와 실종 사건이 잇따라 발생하며 불가해한 사건들이 해결되지 않은 채 방치되면서 인간들이 저주받은 물질의 모습으로 퇴락하는 것은 과연 무슨 의미가 있을까. 그 광경은 흡사 표현주의의 저 음울하고 괴기스러운 그림, 뭉크의 〈절규〉를 연상시키기도 한다. 또한 영화 〈반지의 제왕〉에서의 공포스러운 몇 컷을 상기시키기도 한다. 확실히 소설이기보다는 영화나 게임의 어떤 장면이 어울린다. 예컨대, 이렇다.

고양이의 배를 봉합하는 것으로 수술은 끝났다. 떼어낸 자궁은 금세 악취를 풍기기 시작했다. 피로 뭉쳐진 덩어리만 보아서는 그것이 자궁인지 심장인지, 허파인지 십이지장인지 구별할 수 없었다. 그것은 고작해야 한 줌의 핏덩어리에 불과했다. 여느 내장과 별반 다르지 않은 것이었다. 그녀는 오랫동안 끓인 물을 식혔다가 자궁을 떼어낸 자리를 씻겨주었다. 시간이 흐르면 내장들은 저절로 이동해 한때 생식기관이 있었던 공간을 채워줄 것이다.[29]

같은 여성 작가인 김유진, 황정은도 그 엽기적인 그림이 상당하다. 특히 최근에 『늑대의 문장』이라는 소설집을 발간한 김유진에 대해서는 그 회화적 공포성에 관한 언급이 자자하다. 예컨대, 책을 출판한 출판사 자체의 선전은 이렇다.

늑대와 더 이상 구분되지 않는 개떼, 까마귀, 거대하고 어두운 나무, 깊이를 알 수 없는 물속, 마을을 통째로 집어삼키는 폭우와 지진, 코끼리, 낙타, 깊은 밤의 안개, 공사장, 어둠, 고요, 먼 곳에서부터 들려오는 노랫소리, 악몽……

김유진의 소설을 읽는 것은 마치 한 점의 인상적인 그림을, 그리고 아주 오래전, 어쩌면 태초의 어떤 소리를 읽는 듯하다. 낯설고 새로운 것이면서도 이미 내 안의 것이었던 듯한 그 그림은, 그로테스크하면서도 어쩔 수 없이 아름다운 어떤 풍경이다.[30]

과연 그런가. 무엇보다 그로테스크를 아름다움이라고 자체 평가하는 출판사의 강변에는 상업적 의도 외에도 악마성을 미와 연결시키는 19세기 말/20세기 초의 표현주의적 발상과 20세기 말의 포스트모더니즘적 욕망론이 결합된 '그림'이 보이는데, 그것은 거의 게임에 등장하는 그림과 다를 바가 없다. 그것이 이 시대의 새로운 트렌드로서, 이른바 문화 콘텐츠를 형성하고 있다는 사실은 부인할 수 없을지 모르나, 그 분열된 그림이 아름다운 소설 행세를 한다는 것은 문제다. 이 작가와 작품에 대한 한 일간지 기사를 읽어 보자.

'한국 문학은 따분하다'는 말은 오래된 편견이다. 문학에서도 매체 환경과 시대 변화에 맞춰 다채로운 실험이 이뤄지고 있다. SF 판타지 호러 미스터리 등 장르 문학적 요소들과 영향을 주고받기도 하고, 텍스트를 벗어나 연극이나 퍼포먼스 형태로 독자를 만나기도 한다. 문단 안팎에서 주목받는 신인 작가들의 이야기를 통해 한국 문학의 달라지는 작가상을 포착했다.

"실제 있을 법한 이야기보다 작품 내적 설득력에 더 끌려. 그로테스크하고 불쾌하다고? 핏빛 공포는 나를 매혹시켜요."

PC방에서 15시간째 모니터를 보는 젊은 여자의 다크서클이 짙다. (······) 프로게이머이며 지망생일까? 채팅 중독자일까? 그도 아니라면 폐인? 모두 틀렸다. 마감을 앞둔 작가다. (······)
여류 소설가 김유진 씨(28)는 작품만큼 작업 공간이 독특하다. (······) 그는 "전반적으로 웅성대는 소음, 빠른 컴퓨터와 편안한 의자, 밤낮 구분이 불가능한 어둠컴컴한 환경에서 집중력이 상승한다"고 PC방의 장점을 열거한다. (······) 이유 없는 폭사爆死, 음험한 전설과 불길한 소문, 신체 기형과 사지 절단 등 생경한 세계가 펼쳐진다.[31]

근대 초기의 합리성 추구가 과연 시민사회의 건강한 에토스에 대한 지지와 연결된 것인지, 위선/위악의 은폐와 연결된 것인지, 이 문제는 간단해 보이지 않는다.* 그러나 그 어느 경우라 하더라도 윤리 문제의 심각성에 대한 진지한 접근과 회의, 갈등은 당연하고도 불가피한 작업으로 받아들여졌다. 문학을 포함한 모든 문화 예술은 이 같은 억압과의 긴장 관계에서 태어난 산물이었다. 독자와 청중의 공감 또한 그 추체험의 소산이기도 하다. 가령 1960년대 출신의 한 소설가에게서 그 현장을 확인해 보자.

만화로써 일가를 이룬 오선생 같은 분도, 좀 이상한 얘기지만 일을 하다가 문득 윤리의 위기 같은 걸 느낄 때가 있다, 라고 내게 말씀하시는 때가 있다. 윤리의 위기라는 말을 쓰고 있지만, 내가 보기에는 작은 실패담이라고나 할 수밖에 없는 일인데, 당사자에겐 퍽 심각한 문제인 모양이다. 이야기인즉, 하얀 켄트지를 펴놓고 먼저 연필로 만화의 초를 뜬다. 그리고 나면 펜에 먹물을 찍어 연필 자국을 덮어 그리는데, 직선을 그려야 할 경우에 어쩐지 손이 떨려서 그만 자를 갖다대고 그려 버릴 때가 가끔 있다는 것이다. 그렇게 해서 다 그리고 난 뒤에 작품을 보고 있노라면 어쩐지 자꾸 그 직선

---

* 이 문제는 근대의 출발로서의 '계몽'(Aufklaerung)을 자연스럽게 불러오고, 이에 대해서는 T. 아도르노를 비롯한 비판이론가들의 견해가 가장 치열하다. 합리성이 지상 목표가 될 때 나타나는 엽기, 광기는 근대를 범죄의 기원으로 몰아갈 수 있다. 엽기적인 사드의 작품을 예거하며, 이 작품을 단순한 쾌락 대신 계몽적 이성에서 발원한 조직과 체제를 향한 이성=광기로 그는 이해한다. 그러나 이를 포함한 모더니즘 전반을 물론 반계몽주의적, 반이성적 행태로 보는 G. 루카치적 견해 또한 만만치 않다. 후자의 사회주의적 모럴이 아니라고 하더라도 영상 문화의 발달이 엽기를 촉진시키고 있다는 사실은, 사실로서 증명된다. M. Horkheimer/T. W. Adorno, *Dialektik der Aufklärung*, Frankfurt, 1969, 99~104쪽 및 게오르크 루카치, 반성완 옮김, 『루카치 미학 4』(미술문화, 2002), 10~37쪽.

부분에만 눈이 가고, 죄의식이 꿈틀거린다는 것이다.[32]

만화가가 자기 자신의 손으로만 그린 것이 아니라, 자를 대고 그린 선이기 때문에 독자를 속인 것이 아닌가 하는 죄의식이 그를 괴롭힌다는 것인데, 오늘의 시점에서 보면 한갓 자의식에 지나지 않을 수 있다. 직선 하나를 자를 대고 그리느냐 아니냐 하는 문제까지 윤리의 중심에서 느꼈던 작가에 비해 오늘의 작가들 모습은 엄청난 격세지감으로 다가온다. 이 소설의 주요 내용을 이루는 과부 어머니의 탈선과 이를 비관한 청년 아들의 자살 역시 오늘의 작가들에게는 기이하게 여겨질 것이다. 과부의 정사情事 아닌, 유부녀의 정사도 그 자체로는 소설의 초점이 되지 못하는 비윤리적 상황에서 아들의 자살이라니! 어머니 아버지를 때리고 기이한 섹스들이 횡행하는 소수자의 하위문화가 비호되고 행세하는 현실과 1960년대 소설가 김승옥의 윤리는 아예 사뭇 멀다. 만화, 영화, 인터넷을 통해 여기까지 이른 소설의 영상 담론 주워담기는 이제 되돌리기 힘든 추세로 생각된다. 그러나 전통 서사에 대한 선호와 아쉬움이 우리의 시야에서 완전히 사라진 것은 아니다. 아날로그와 디지털, 글과 그림, 신성성과 비루함이라는 양극의 협곡 사이에서 문학비평이 노상 침묵을 방불케 하는 방언 수준에 더 이상 머물러 있을 수는 없는 이유가 여기에 있을 것이다.

5

『드래곤 라자』의 경우

소설의 경우 사실상 영상 문화와의 직접적인 영향 아래서 새로운 장르 소설들이 나오기 시작한 것은 꽤 오래되었다. 장르 문학에 관한 본격적인 논의는 후술하더라도 PC 하이텔을 통해 이미 10여 년 전에 데뷔해, 2004년에는 고교 문학 교과서에 그 작품이 수록되기에 이른 작품 『드래곤 라자』와 이 작품의 작가 이영도에 대해 잠시 살펴볼 필요가 있겠다. 판타지 소설이라는 용어와 더불어 문단이라는 제도권 밖에서 짐짓 이를 무시한 가운데 발표되고, 인터넷을 중심으로 선풍적인 소용돌이를 일으킨 이 소설은 책으로도 간행되어 베스트 소설의 인기를 누렸다. 이 소설의 교과서 진입은 이른바 본격 문학과 장르 문학이 더 이상 무관할 수 없다는 것을 보여준 실례라 할 수 있다.

이와 더불어 작가는 몇 가지 면에서 활자 문학의 전통적인 작가와는 확연히 다른 점들을 보여줌으로써 인터넷 소설, 곧 영상 소설의 차별성을 드러낸다. 우선 그는 스스로 필자라는 말 대신 타자打者라는 말을 사용하는데, 이것은 펜으로 글을 쓰지 않고 키보드에서 글자를 친다는 의미를 지닌다. 인터뷰를 통해 그가 밝힌 바에 의하면, 웹 시대에는 글과 독자, 작가와 독자는 물론 독자와 독자 사이에도 소통이 이루어지는 창구가 있다는 것이 가장 독특한 특징으로 부각된다. 여기서 중요한 것은 작품인 글은 그 자체로 주어져 있을 뿐, 그 글을 읽는 독서는 순전히 읽는 자의 몫이다. 이러한 태도는 다시 데리다의 해체론, '미결정 반점'론을 연상시킨다. 말하자면 글과 독서가 함께 어우러져 형성되는 텍스트를 이영도는 실천하고 있는 셈이다. 한 사람의 독자로서 그는 자신의 태도를 이렇게 밝힌다.

> 제 독서는 글과 저의 일이니까요. 물론 저자는 그 글을 썼지만 동시에 그 글을 그냥 썼을 뿐입니다. 제 독서에 관여할 자격은 없지요. 제가 엄청나게 오독한다 해도 말입니다. 제 오독은 다른 독자들과의 감상 교환이나 저 자신의 재독을 통해 교정될 부분이지 저자와는 관련이 없습니다. 글과 글쟁이는 별개니까요. 그것이 현재 제가 좋아하는 방식입니다.[33]

이렇다고 할 때, 데리다의 해체론과 인터넷 영상은 이론과 실제의 만남이라는 절묘한 시대적 상황을 연출하고 있는 것이다. 그는 이러한 시각에서 판타지를 오직 판타지로 읽어 줄 것을 요구한다. 이를테면 '반지의 제왕'을 "현실의 알레고리로 취급해 백색의 간달프가 돌아온 서부의 왕에게 대관하는 오리엔탈리즘 문학으로 읽는 것은 반지의 제왕에서 많은 것을 놓치는 일"이라는 것이다. 그러면서 이영도는 전통적인 활자 문학을 의식한 듯 선민 장르, 브라만 장르는 없다고 주장한다. 「드래곤 라자」가 알파벳으로 표기되고 있기는 하지만 그 뜻과 유래를 알 수 없는 이름들을 주인공으로 하는 환상적인 전투를 그림과 함께 보여주는 작품이다. 아무르타트, 캇셀프라임, 할슈타일, 후치 등등의 이름이 드나드는 이 소설은 비슷한 시기에 전 세계 독서계를 강타하고 있던 해리 포터 돌풍과 맞물려 판타지 소설이라는 낯선 장르를 순식간에 친근한 분야로 바꾸어 놓았다. 역시 비슷한 시기에 「반지의 제왕」, 「나니아 연대기」 등 소설로서도 문명을 떨치던 작품들이 영화로도 상영됨으로써 판타지 붐은 21세기 초에 절정에 달한 감이 있었다. 어쨌든 그의 『드래곤 라자』는 영화는 물론 일본, 중국, 대만, 홍콩, 태국 등 아시아 각국에 수출되었고, 라디오 드라마와 만화, 온라인 게임, 모바일 게임 등으로 만들어져 영상 문화 각 분야에 파생산업을 유발시키면서 영향력을 과시했다. 판타지를 오직 판타지로만 읽어 달라는 작가의 요구는, 이를테면 「드래곤 라자」의 전투가 전쟁 아닌 전투라는 사실과도 연관된다. 전쟁이 역사와 문화가 총체적으로 동원되는 정치적 현상이라면, 전투는 필요한 기술과 어울린 풍경이기 때문이다.

이렇듯 파생 문화 산업을 번성케 하면서 긍정적인 효과를 가져오는 영상 문학의 성과는 자연스럽게 문학과 타 문화 양식의 경계를 허물어 버리는 결과와도 연결된다. 『드래곤 라자』의 경우 처음부터 인터넷 영상에서 출발해 영상 문학이라는 독자적인 영역을 개척한 성공적인 케이스로 평가될 만하다.

문제는 영상 문화의 부정적인 요소들, 특히 인터넷의 그것들을 거의 전면적으로 수용하면서 본격 문학의 후예들이 벌이고 있는, 해체론에 편승한 기이한 퀴어 페스티벌이다. 그러니까 판타지 소설 등 장르 문학 자체는 오히려 폭력과 섹스 등의 소재와 독자적인 거리를 갖고 있는 반면, 영상 문화와의 관계를 모색하는 전통 문학에서 엽기적인 소재를 탐닉하는 현상이 일어나는 아이러니를 우리는 목격하고 있는 것이다. 판타지 소설의 비교적 건전한 판타지에 비해 폭력적 비루함의 세계를 남성적인 판타지의 속성으로 파악하고 있는 본격 소설들의 파행성을 어떻게 관련지을 수 있겠는가. 소설 서사의 이러한 변용과 더불어 영상 담론을 어떻게 받아들여야 할 것이냐 하는 문제는 4장에서 장르 문학의 세밀한 검토를 통해 보다 진지하게 살펴야 할 것이다.

주

1 정은경, 「밀교의 사제들」, 『세계의 문학』(2009년 여름호), 344쪽.

2 이 책 뒷부분에 수록.

3 정은경, 「밀교의 사제들」, 『세계의 문학』(2009년 여름호), 346~347쪽.

4 정영훈, 「부재의 흔적들」, 같은 책, 398·417쪽.

5 같은 책, 417쪽.

6 심진경, 「김애란을 다시 읽는다」, 같은 책, 373~397쪽.

7 같은 책, 340쪽.

8 프랑코 모레티, 조형준 옮김, 『근대의 서사시: 괴테의 「파우스트」에서 마르케스의 「백년의 고독」까지』(새물결, 2001), 그림 설명.

9 요한 볼프강 폰 괴테, 안삼환 옮김, 『빌헬름 마이스터의 수업시대 2』(민음사, 1996), 775쪽.

10 이광수, 『무정』(김철 책임편집, 문학과지성사, 2005), 461쪽.

11 김경욱, 『위험한 독서』(문학동네, 2008), 23·33쪽.

12 같은 책, 131쪽.

13 박성원, 『나를 훔쳐라』(문학과지성사, 2000), 11~12쪽.

14 백민석, 『내가 사랑한 캔디』(김영사, 1996), 8~13쪽.

15 황종연, 「소설의 악몽」, 『목화밭 엽기전』(백민석, 문학동네, 2000), 286~287쪽.

16 백가흠, 『귀뚜라미가 온다』(문학동네, 2005), 35쪽.

17 김형중, 「남자가 사랑에 빠졌을 때」, 『귀뚜라미가 온다』(백가흠, 문학동네, 2005), 259~260쪽.

18 같은 책, 265~266쪽.

19 같은 책, 275쪽.

20 이기호, 『최순덕 성령충만기』(문학과지성사, 2004), 8쪽.

21 이기호, 같은 책, 13~14쪽.

22 우찬제, 「삐딱한 욕망의 카니발」, 같은 책, 313~314·319쪽.

23 백영옥, 『스타일』(예담, 2008), 뒤표지.

24 박민규, 『지구영웅전설』(문학동네, 2003), 10~11쪽.

25 박민규, 『핑퐁』(창비, 2006), 204·206·236쪽.

26 김애란, 『달려라, 아비』(창비, 2005), 145~146쪽.

27 김영하, 『오빠가 돌아왔다』(창비, 2004), 43~45쪽.

28 김영하, 「에비앙」, 『나는 나를 파괴할 권리가 있다』(문학동네, 1996), 99~103쪽.

29 편혜영, 『아오이가든』(문학과지성사, 2005), 52쪽.

30 문학동네 신간안내문, 2009.

31 『동아일보』, 2009. 6. 22일자 문화면.

32 김승옥, 「생명연습」, 『서울 1964년 겨울』(창우사, 1966), 40쪽.

33 이영도, 인터넷 다음, 작가 이영도와의 인터뷰.

4장

따라가는가, 넘어서는가

문학의 가치

수세기 동안 철학의 헤게모니를 잡아 온 철학자들이 계속 힘을 발휘하기 위해서는 양피지 문헌학 대신 전자공학에 노출되어야 할 것입니다.

— 백남준, 「종이 없는 세상을 향하여」, 1968. 2.

I

장르 문학의 대두

소설가 김영하의 『엘리베이터에 낀 그 남자는 어떻게 되었나』의 해설에서 젊은 평론가 백지연은, 그의 소설이 "문학을 복제하는 문학"이라고 규정하면서 다음과 같이 말한다.

김영하의 소설이 문학, 영화, 미술, 음악 등 다양한 문화 장르의 배경 지식과 구성 원리를 자유롭게 변형한다는 사실은 여러 평자가 지적한 바 있다. 특히 그의 작품은 대중문학이라고 폄하되어 온 아웃사이더 장르의 문학 작품들을 모사하고 인용한다. (……) 김영하의 소설은 장르를 파괴하고 장르를 조합하고 장르를 모방한다. 온갖 장르가 버무려진 소설! 그것은 판타지라 불러도 좋고 추리, 동화, 하이틴 로맨스, 무협지, 공포물, SF 그 무엇으로 명명해도 좋다.[1]

영상 문화의 도래와 시기를 같이해 활발한 문학 활동을 벌여 온 일군의 젊은 소설가들 가운데 김영하는 가장 먼저 이른바 제도권의 인정을 받으면서(그는 문단에서 가장 큰 소설상으로 평가되는 모든 상들, 예컨대 동인문학상, 황순원문학상, 대산문학상 들을 함께 수상한 바 있다) 가장 날카로운 촉수로 시대적 분위기를 반영하며, 긍정/부정의 양면에 걸쳐 새로운 지평을 열어 온 대표적인 젊은 작가다. 그의 소설 세계가 이렇듯 잡종 장르적이고, 변방적이며, 심지어는 범죄적인 형식과 내용에 의해 진행되고 있다는 사실은 무엇을 의미하는가. 소설의 경우 김영하에 대한 집중적인 관심을 보인 평론가 백지연의 분석으로 다시 돌아가 보면, 그것은 ① 작가의 체험과 동떨어진 이야기라는 점, ② 그것도 비루한 일상을 엽기적으로 초월하는 영웅담이라는 점, ③ 결국 탈신성화된 세계에서 장르적 압박을 증거하는 징표라는 점에 초점이 놓인다. 이러한 분석은 작가론으로는 대체로 타당해 보이는데, 증상의 발견과는 별도로 배경과 원인은 아직 주목되지 않고 있다. 필요한 관점은 역시 영상 문화와의 긴밀한 관련성이다. 그 몇 장면을 얘기해 보자.

컴퓨터를 켠다. 컴퓨터를 끈다. 컴퓨터를 켠다. 컴퓨터를 끈다. 시간이 흐른다. (……) 게임을 한다. 게임이 한다. (……) 시간이 가지 않는다. (……) 창이 없는 이 방에서 컴퓨터는 내 창이다.[2]

영화를 좋아하고 소설을 싫어해요.[3]

그 후로는 사람보다는 책이, 책보다는 음악이, 음악보다는 그림이, 그림보
다는 게임이 나를 편안하게 한다.[4]

그림과 게임에서 탈출구를 찾는 소설가에 대해서 논자가 굳이 '그
림'과 '게임'을 열거하지는 않았으나, "장르적 압박감"이라고 말함으
로써 전통적 소설 양식으로부터의 탈주를 시사한다. 실제로 해설에는
근대적 산문 양식이 제시했던 영혼의 드라마가 붕괴하는 순간 태어난
신인류가 김영하 소설의 인물들이라는 해석이 나온다. 그러면서도 평
론가 백지연 역시 "이제 '문학'은 대중문화의 단순한 배설물과 어떻게
차별화될 것인가. 문화적 기회만을 그럴듯하게 실어 나르는 문학의
'유사품'만이 횡행하는 시대가 올지도 모른다는 불안이 우리를 휩싼
다"[5]고 두려워한다. 젊은 문학인 스스로 한편으로 자신의 세대가 보
여주는 새로운 장르 문학을 옹호하면서도 다른 한편으로는 우려하고
있는 것이다.

실제로 영상 문화의 대두로 인해 급격한 변화와 이동, 혼합을 보이
고 있는 한국 문학의 최근 10여 년 안팎의 모습은 앞의 젊은 평론가의
표정처럼 기대와 우려가 섞여 있는 엉거주춤한 그것이라고 할 수 있
다. 관습과 전통을 전복하는 래디컬한 작가와 작품들, 그 속에서도 전
통적인 관습을 혹은 지키고 혹은 거기에 안주하는 작가, 작품들, 이들
을 아우르는 중심적 열쇠는 무엇인가. 이에 앞서서 이른바 본격 문학
과 달리 영상 문화와의 관계가 공공연하게 표명되는 '장르 문학'에 대
한 본격적인 탐사가 요구된다.

2

비주얼 노블 / 그래픽 노블

최근 수년 사이에 국내의 유수한 문학지들은 영상 문화의 번성과 이에 따른 문학 현상의 변화를 '장르 문학'이라는 새로운 개념을 중심으로 일제히 특집으로 다루었다.[6] 이들은 문학의 무대에 새롭게 등장하는 일군의 작품들과 일련의 현상들을 일컬어 '제4의 문학'이라는 용어까지 사용하면서 문학 사회에 지각 변동이 일어나고 있음을 한목소리로 알리고 있다. 장르 잡종을 연상시키는 이 현상 안에서 대체 무슨 일들이 진행되고 있는가. 특집에서 다룬 문제들을 다섯 가지 정도로 압축해서 우선 살펴보겠다.

첫째, 소설의 변화에 관한 담론들이다. 여기에는 많은 필자들이 각기 나름대로의 연구와 견해를 피력하는데, 이를 일별해 보면 먼저 '비주얼 노블'Visual Novel이라는 낯선 단어가 관심을 끈다. 비주얼 노블

작가라고만 소개되고 있는, 한 필자가 말하는 이 소설의 내용이다.

비주얼 노블은 텍스트와 그래픽과 사운드를 혼합해 컴퓨터 스크린에 쓰는 새로운 형태의 소설이다. 비주얼 노블의 가장 두드러진 특징은 소설이 게임이 되고, 독자가 플레이어가 된다는 점이다. 그러므로 독자는 마치 컴퓨터 게임을 하는 것처럼 소설을 읽어 나가게 되고, 더 이상 수동적 독자가 아닌 적극적인 플레이어로서 소설 쓰기에 참여하게 된다. 독자는 마우스로 클릭을 해야 앞으로 나아갈 수 있는데, 이와 같은 상황 역시 독자의 능동적 참여를 유도하게 된다. 비주얼 노블은 독자/플레이어가 활자 소설보다 훨씬 더 쉽게 작품 속에 몰입하게 되는 장점을 갖고 있으며, 감정이입을 통해 독자들에게 강렬한 동질 의식과 감동을 준다.[7]

다음으로는 역시 소설의 변화가 일종의 '아메바 글쓰기' 형태로 이루어질 뿐만 아니라, 그 미래의 변종은 예측할 수 없다는 진단이다. 심지어는 '그래픽 노블'이라는 용어까지 등장한다. 우선 그래픽 노블은 무엇인지 다시 들어 본다.

그래픽 노블이란 언어예술과 시각예술 또는 소설과 만화가 만나 상호작용을 통해 문학 작품을 만들어 내는 새로운 — 그러나 사실은 '만화'의 형식으로 19세기 중반부터 있어 온 — 양식의 소설이다. 그래픽 노블에서는 언어와 그림이 단순히 뒤섞이는 것이 아니라 상호보완적으로 공존하며, 독자들이 찾아볼 수 있는 의미를 저자가 시각적 기호로 인코딩해 놓으면 독자들이 읽어 나가면서 그것을 디코딩하게 되어 있다. 그렇게 함으로써 그래픽 노블은 이념적·형식적·서사적으로 문학의 영역을 크게 확장시키는 데 지대한 공헌을 했으며, 컴퓨터에 빼앗겼던 독자들을 다시 문학으로 데려오는 데도 결정적인 역할을 했다.[8]

비주얼 노블이나 그래픽 노블이나 모두 넓은 의미의 그림을 바탕으로 한, 이를테면 '그림 소설'인데, 그것이 영상 문화의 산물임은 그 이름만으로도 간단히 입증된다, 그래픽 노블에 관한 글을 쓴 박신애 교수(미국 LA 미술대학)에 의하면, "한때, 말과 글이 중요하던 시대가 있었던" 것으로 진술된다. 이러한 진술에는 심지어 이제는 더 이상 말과 글이 중요하지 않다는 의미가 들어 있다. 박 교수는 그러면서 지금은 이미지가 더 중요한 시대, 이미지가 말과 글을 압도하는 시대가 되었다고 말한다. 예컨대 독일 베를린의 『Berlin Language』라는 책은 그림으로 된 베를린 소개서일 따름이다. 그러나 그래픽 노블이 19세기 중반부터 있었다는 주장은 다소 생소하다. 박 교수의 견해처럼 만화 형식으로 이루어진 글과 그림 일반을 지칭하는 것이라면 굳이 새로운 영상 문화와 관련지을 필요가 없을지도 모른다. 이를테면 만화 소설이라는 말로 불러도 무방한 것 아닐까. 여기에 속하는 작품으로 많이 알려진 것은 슈피겔만의 『마우스』 1·2권(1986/1991), 조 사코의 『팔레스타인』(2001)과 『안전지대 고라즈데』(2003) 등이 있는데, 이들은 모두 나치의 유대인 대학살, 보스니아 인종 청소와 같은 역사적 참극을 다루는 특징들이 있다. 그러나 문제는, 일반적으로 전통 문학 쪽에서 이들을 '소설'이라는 이름으로 거의 수용한 일이 없다는 사실이다. 가령 뉴욕의 9·11 사건을 다룬 『없어진 타워의 그림자 속에서』In the Shadow of no Towers라는 작품에서 슈피겔만은 현대 문명의 불안과 공포를 신랄하게 그렸지만, 문단은 문학적인 관점에서 이를 주목하지 않았다.

물론 그래픽 노블이 만화와 똑같은 것은 아니다. 우선 주제면에서 만화가 유머를 통한 재미를 추구함에 비해, 그래픽 노블은 그림뿐 아니라 전쟁이나 학살 등의 거대 담론을 포착하며 이를 비판적으로 그려 낸다. 이런 사례들이 기능면으로 인식되면서 이제는 만화 자체가 그래픽 노블로 편입된다. 또한 이를 바탕으로 영화들도 만들어져, 예컨대 〈X-맨〉, 〈신 시티〉 등이 이른바 그래픽 노블을 원작으로 한다. 영화 자체가 워낙 성공해서 마치 오리지널 시나리오 영화처럼 은연중 인식되는 〈슈퍼맨〉, 〈스파이더맨〉, 〈헐크〉 등이 원래 만화 출신이라는 점도 다시 상기될 만한 일이다. 그래픽 노블이라는 용어가 문학 쪽에 거부감을 갖게 한다면 '그래픽 내러티브'라고 불러도 좋다는 견해도 있으며, 실제로 이에 종사하는 작가들은 '내러티브'라는 용어를 선호하는 편이라고 한다.

장르 문학에 관한 본격적인 논의는 계간 『문학과 사회』 2004년 여름호에서 처음으로 다루어졌다. 특집으로 이루어진 이 논의에는 이영도·듀나DJUNA·좌백左栢·최수완 등 네 사람이 글을 집필했고, 김봉석(영화평론가)·김영하(소설가)·박상준(SF 해설가)·이상용(영화평론가)·김동식(문학평론가) 등 다섯 명이 좌담을 가졌다. 우리 문학에서 처음으로 마련된 이 같은 지상 모임은 그 당시로서는 매우 생소하게 느껴지는 것이어서, 집필자나 좌담회 참석자 모두 장르 문학이라는 것이 무엇인지 소개하는 일에 애쓰는 모습이었다. 『드래곤 라자』로 우리에게 잘 알려진 이영도를 통해 우선 장르 문학의 개념과 현황을 들어 보면 이렇다.

먼저 환상 문학과 장르 판타지를 구분하자. '판타지'를 기계적으로 번역하면 '환상'이 되기 때문에 오해가 자주 발생한다. (……) 『문학과 사회』가 기획한 '한국 장르 문학의 현재와 미래'에서 무협, SF, 인터넷 소설(이 용어는 어색하다. 신문 소설, 잡지 소설이라는 말과 마찬가지니까. 다른 좋은 명칭이 필요할 듯하다)과 함께 거론되는 판타지는 환상 문학이 아니라 장르 판타지다. 이차 세계 창조, 압도적 환상성, 외연의 확장 등을 주된 특징으로 삼는 장르이며, 또한 작가와 독자가 판타지라고 규정한 장르다.[9]

이영도는 환상 문학과 장르 판타지를 혼동해서는 안 된다는 다짐으로부터 장르 소설의 개념에 접근한다. 그에 의하면 장르 소설은 곧 장르 판타지인데, 이때 판타지는 단순한 환상 아닌, "압도적 환상성"이다. 매우 애매한 구별법일 수 있는데, 그것을 그는 "이차 세계 창조"라는 꽤 구체적인 방법으로 보완한다. 과연 압도적 환상성으로 가는 이차 세계란 무엇일까.

이 이차 세계는 바스티앙처럼 책을 들춰 보거나 앰버의 왕족들처럼 그림자 사이를 걸어서 도달할 수 있는 우리의 이웃 세계인 경우도 있고, 마법사 간달프나 야만인 코난이 활약하던 시대처럼 어쩌면 우리의 과거였을지도 모르는 세계인 경우도 있다. (……) 판타지가 구현하는 이차 세계는 이렇듯 다종다양한 방식으로 존재할 수 있지만 그 모두는 비현실이다.[10]

그러면서 그는 비현실이라는 말에도 토를 단다. 현실이라고 우리가 부르는 그 어떤 것도 사실은 인식하는 주체에 따라 모두 다를 수 있으므로, 이때 "비현실" 역시 자의적일 수밖에 없다는 것이다. 압도적 환상성의 "압도"에 대해서도 그는 그것이 "한국인이 쑥과 마늘의 부작용으로 변태를 일으킨 곰의 자손이라고 말하는 것"이라고 예화를 든다. 말하자면 매우 엉뚱한 환상성을 사실성과 짐짓 혼동하기 좋아하는 존재가 인간이라는 인식 아래 공포나 황홀을 만들어 낸다고 본다. 게다가 외연의 확장으로 인해서 공주와 개구리가 키스하고, 해가 떠 있는 동안에는 약속 시간을 정할 수 없는 어둠의 신사들이 나온다는 것이다. 이렇듯 사람과 마찬가지 노릇을 하는 사람 아닌 다른 존재들이 나와서 환상적 공간을 만드는데, 판타지 소설에서는 이 공간이 재미있고 아름다울 뿐, 이렇다 할 주제는 없다. 이영도는 이에 덧붙여 장르 판타지는 그것이 작가와 독자가 인정해야 성립되는 장르 문학이라고 규정한다. 그도 물론 한국의 장르 판타지가 지닌 문제들을 "에픽 판타지에 대한 편향, 물리적으로 강한 주인공에 대한 동경, 도구적 인간관계, 남발되는 클리셰" 등에서 찾는 불만과 비판을 토로한다.

장르 문학의 범주에서 판타지와 더불어 주로 거론되는 소설들이 SF

소설과 무협 소설인데, 이 분야에서 10여 년 종사해 온 듀나와 좌백에 의하면, 이것들의 특성도 판타지와 대동소이하다. 먼저 SF 소설 작가 듀나의 말을 들어 보자.

10여 년 전 SF라는 장르에 뛰어들기 시작하면서 나는 내가 앞으로 정복해야 할 모든 장르 클리셰들을 담은 리스트들을 만들었다. 그 리스트는 몇 번의 하드 백업과 바이러스 공습 과정 중 사라져 버렸지만 대충 이런 식으로 흘러갔다. 1. 호전적인 외계인의 지구 침공, 2. 사악한 A. I.가 통제하는 가상 현실 세계, 3. 로봇과 인간의 로맨스, 4. 인간에 기생하는 외계인 ……이 중 몇 개는 다루었고 몇 개는 아직 하지 못했다.[11]

SF 소설의 경우에도 판타지 소설과 마찬가지로 외연의 확대와 압도적인 환상성, 그리고 이차 세계의 창조라는 특징은 동일하다. 개구리와 공주가 키스하는 대신, 로봇과 인간이 사랑을 할 뿐이다. 즉 개구리의 자리에 로봇이 들어서고, 복제 인간과 원래 인간이 결혼을 한다. 무협 소설의 구도도 비슷하다. 중국 무협을 번역하기 시작한 1960년대로 소급한다면 무협 소설이 가장 오래된 역사를 지닌 장르 문학이라고도 하겠으나 SF나 판타지와 함께 거론되는 것은 역시 인터넷을 통한 급속한 발달 때문이다. 예컨대 천리안과 하이텔에 연재되어 큰 반향을 일으킨 『묵향』의 성공은 무협 소설도 영상 장르 문학의 중심에 앉아 있음을 보여준다. 실제로 무협이 결합한 이환소설異幻小說, SF와 무협이 만난 과환소설科幻小說 등이 있는데, 인터넷이 발달한 한국에서는 이제 '통신 무협'이라는 용어가 등장함으로써 이 모두가 영상 문화의 자식들임이 입증되고 있다. 이들을 모두 아우르면서 독자적인 행보를 하는 독특하면서도 독립적인 장르가 바로 '인터넷 소설'이다. 이 이름은 인터넷에 올라 있는 소설 일반을 가리키면서 동시에 또한 특정한 성격의 소설을 가리킨다.

인터넷 소설의 사회적 공인과 인기는 가령 「동갑내기 과외하기」에서 전형적으로 발견된다. 인터넷 소설인 이 작품은 영화로도 큰 성공을 거두어 영상 매체가 활자 매체에 비해 우월한 사회적/대중적 영향력이 확인된 경우다. 인터넷 소설은 해체론에서의 텍스트 이론이 가장 엄중하게 드러나는 장르다. 그럴 것이 조회수나 추천수에 의해 즉각적으로 그 인기가 가시화되기 때문에 수용자/독자 중심으로 편성되지 않을 수 없는 것이다. 작품이 독자들의 참여에 따른 텍스트에 의해 완성된다는 이론이 그대로 적용되는 것이 바로 인터넷 소설이다. 그러므로 인터넷 소설로 성공한 작품은 적어도 상업적인 측면에서는 출판이나 영화 시장에서도 성공이 예약되는 측면이 있다. 게다가 인터넷 소설은 전통적인 본격 문학의 소설과 달리 검증된 작가를 필요로 하지 않는다. 예컨대 학생과 주부 등 인터넷을 이용할 줄 아는 사람이라면 논픽션이나 체험담 등의 이야기를 영상에 띄우고, 대중들은 그저 넓은 의미의 소설로 받아들이는 것이다.

그러나 이러한 개방적 특징 때문에 문학성이나 예술성은 거의 고려되지 않는다. 그 대신 남보다 빨리 새로운 것을 보여주어야 한다는 속도성의 압박 아래서 창의성이 요구된다. 이러한 상황은 자연스럽게 인터넷 소설로 하여금 엽기로의 유혹을 유발시킨다. 실제로 무명 필자에 의해 쓰여진 「엽기적인 그녀」는 인터넷에서의 높은 관심을 영화로 연결시킨 경우로, '엽기'를 유행시키는 모멘텀이 되었다는 평가가 있다.[12] 인터넷이 필수품이 되었고, 기본 영상이 된 데다가 영화로 연결되는 고리로서의 기능까지 원활해졌으므로 그 밖에 여러 성격이 순기능으로 읽히는 면이 있을 것이다. 그러나 인터넷 소설의 인기도, 영향력도 일시적인 휘발성을 지니고 있다는 점은 다른 장르 소설들과 함께 극복하기 어려운 한계로 보인다. 일회용 소비 문학이라는 것이다.

그렇다면 영상 문화로부터 영향을 받고 있는 젊은 소설들의 비루한 양상과 영상 문화 자체에 포섭된 장르 소설의 판타지/SF/무협(통틀어 인터넷 소설)의 양상은 어떤 공통점과 상이점이 있으며, 양자는 어떻게 소통할 수 있는가. 혹은 소통은 가능하고 과연 의미가 있는가. 이런 문제에 대한 고민과 천착은 문학비평과 문학 연구에서 최대의 현안이 되어야 할 것이다. 만일 그 소통 가능성이 입증되고 그 의미가 뜻깊은 것이라면, 영상 문화로부터의 영향을 긍정적으로 따라가야 할 것이다. 그러나 만일 그 가능성과 의미가 의문시된다면, 문학은 활자 문학의 전통을 되새겨서 탈근대의 허구성을 오히려 증거하고, 문학의 '삶의 철학'적 가치를 되살리며 이 시대를 넘어서야 할 것이다.

장르 문학에 관한 논의는 계간 『창작과 비평』 2008년 여름호에서도 이어져, 이 문제가 전 문단의 중심적인 관심으로 확대되고 있음을 알수 있다. 특집 '장르 문학과 한국 문학'에 필진으로 가담한 다섯 논자는 장르의 경계, SF 문학을 비롯한 비슷한 범주의 양태들을 두루 다루면서 '본격 문학'과의 관계에도 조명을 가한다. 먼저 장르 문학에 대한 또 다른 정의를 들어 보자.

이런 장르 문학을 정의한다면 특정한 서사적 코드를 활용하여 서사의 주제와 범위를 집중화 / 전문화함으로써 출판시장에서 나름의 점유율을 확보한 '기획상품들'이라 할 수 있겠다. 주요 고객은 장르 문학의 관습적 이야기 내용을 반복적으로 소비하는 과정에서 형성되는데, 이들이 바로 마니아 독자다.[13]

논자는 장르 문학이 근대의 문화적 산물이라고 하면서 그 형성과 성패가 수요·공급 원칙에 따른다고 설정한다. 말하자면 시장의 산물이라는 것이다. 그러나 앞서의 설명에 '기획 상품'이라는 말이 등장하는 것과 관련지어 본다면, 이는 근대를 넘어선 오히려 '탈근대'와 긴밀하게 관계되지 않는가 하는 생각을 갖게 한다. 시장의 왕성한 형성이야 물론 근대의 산물이라고 할 수 있겠으나 집중화 / 전문화를 통한 기획 상품은 그것들이 대부분 온라인에서 이루어진다는 점을 고려할 때, 탈근대와 영상 문화의 소산임을 부인하기 힘들다. 그러나 장르 문학을 본격 문학과 구별 짓느냐, 아니냐 하는 문제는 영상 문학을 활자 문학과 어떻게 구별 지으며, 어떻게 포괄하느냐 하는 문제와 상통하면서 이러한 논의의 본질과 연결되기에 다시 후술後述하기로 한다.

확실한 것은, 장르 문학이라고 부를 수 있는 작품들이 이미 19세기를 중심으로 거론될 수 있음에도 불구하고, 그것이 오늘의 탈근대적 현실에서 왕성한 활동기에 들어서고 있다는 사실에 대한 인식이다. 이러한 진술은 장르 문학이 곧 영상 문화와 밀접한 상생 관계에 있음을 인정한다는 이야기가 된다. 앞의 논자는 짐짓 영상 문화와의 관계는 비켜 놓고 그 대신 대중문화라는 용어를 사용하면서, 이에 대해 열린 자세를 주문한다.* 그가 한국 소설과 관련해서 주목한 작가는 박민규인데, 그것은 이 작가가 대중문화에 가장 철저하게 '오염' 되었기 때문이라는 것이다. 그렇기 때문에 그는 SF 장르의 특성을 갖고 있는 소설에서 굳이 비SF적 요소를 찾아내어 작품의 우수성을 입증하려는 일체의 비평에 대해 못마땅한 표정을 짓는다. 좀 더 정직하게 본질을 받아들여야 한다는 주장으로 생각된다.

장르 문학의 개념에 대해서는 조금씩 다른 견해들이 또 있다.

장르 문학(장르 서사)은 추리소설, 판타지, SF 등과 같이 각각의 장르마다 창작자와 수용자가 직관적으로 공유하는 일련의 관습들과 규약들로 이루어진 서사 양식을 말한다. 장르 문학 작품들은 일반적으로 현실을 직접 반영한다기보다는 자신이 속한 장르의 세계, 또는 그 세계에 존재하는 다른 작품들 전체를 자기 반영적으로 비춰 보인다.[14]

---

* 유희석, 「장르의 경계와 오늘의 한국문학」, 『창작과 비평』(2008년 여름호), 23쪽. 여기서 유희석은 "대중문화는 어느 한 개인이 총체적인 '인식의 지도'를 그리는 것이 불가능할 정도로 방대한 하나의 제국이다. (……) 때로는 그런 소비주의의 첨병 역할을 하는 대중문화에 대해서도 작가들의 좀 더 의식적인 개입을 바라게 된다"고 말한다.

최근의 한국 소설(비평)은 역사(과거)에 대한 해체적 상상력을 그 어느 때보다 강하게 발휘하고 있다. 그 성과는 그런대로 풍요롭다. 그런 반면, 미래에 대한 상상력은 좀처럼 찾아보기 쉽지 않다. 혹시 사람들은 미래에 대해 말하기를 주저하는 방식으로 과거만 그토록 문제 삼는 것은 아닌가. 풍요와 빈곤의 기형적 현실은 문학의 장르 내에서 반영되어 있다.[15]

장르 잡종의 열린 지평 안에서 이렇듯 특정한 소재 중심의 과도한 환상성을 바탕으로 한 이차 세계의 창조가 장르 문학이라는 점으로, 그 개념은 일단 통일될 수 있어 보인다. 주목되는 것은 앞의 논자가 우려하듯이 "미래에 대한 상상력은 좀처럼 찾아보기 쉽지 않다"는 점이다. 영상 문화의 급격한 부상으로 말미암은 문학의 새로운 지형에 대한 해석과 고민을 담당하지 않을 수 없는 비평과 연구에서 이 문제는 마땅히 중심 과제가 되어야 하며, 장르 문학에 대한 관점도 이를 기준으로 설정되어야 할 것이다. 해체적 상상력만 존재할 뿐 미래에 대한 상상력이 존재하지 않는다면, 장르 문학의 문학적 전망은 긍정적으로 보이지 않는다.

3

인터넷 문화가 '새 자연'인가

그렇다면 본격 문학의 비루한 변종성에서 오히려 미래적 상상력을 찾아낼 수 있을 것인가. 장르 문학에 대한 유혹에 오히려 달콤한 해답이 숨어 있는 것은 아닐까. 이 문제를 종합적 관점에서 바라보아야 할 지혜가 요구되는 시점이다.

환상 소설과 판타지 소설로 구분되는 본격 문학과 장르 문학의 대비는 영상 문화의 습격에 응전하는 문학의 두 가지 양상이라는 점, 그리고 무엇보다 이 두 양상의 대비를 통해 문학의 미래를 어떻게 바라볼 수 있겠는가 하는 결론과 연결된다. 다시 말하면 영상 문화의 압도적인 영향에 굴복해서 그 속성이라고 할 수 있는 폭력과 섹스, 엽기가 전개되는 것을 수용하겠는가, 아니면 이를 극복하기 위한 자기 설정을 통해 새로운 노력을 행하겠는가 하는 문제다. 이를 위해서 장르 문학은 하나의 출구라도 되는 듯한 표정을 짓고 있다. '압도적'인 환상을 통한 문제의 해결이 그것이다. 그런 만큼 장르 문학은 내용에서나 지향점, 결론에 이르기까지 오늘의 젊은 문학처럼 끔찍하지 않다. 그렇다면 이 엽기적인 상황을 극복하기 위해, 즉 '넘어서기' 위해 차라리 장르 문학이 바람직하다는 것인가. 중견 평론가 이광호의 다음과 같은 진술은 이와 관련해서 의미심장하다.

대중적인 장르 안에서 이 불가해하고 기이한 사건들은 어떤 방식으로든 해결되고 결국 '설명 가능한' 세계로 귀결된다. 불길한 사건들은 최소한의 인과적 관계로 얽혀 있음이 판명되어야 한다. 사건의 실체는 우리들의 주인공이 최후로 재구성하여 복원하는 선형적인 서사에 의해 밝혀질 것이다. 그래야만 불길한 사건들의 출몰에도 불구하고 세상은 여전히 살 만한 어떤 세계로 남아 있게 되며 '나와 우리'가 범죄와 참혹한 죽음에 연루될 수 있다는 공포와 죄의식은 면죄부를 받을 수 있다. (······) 그런데 편혜영은 이런 스릴과 면죄부를 독자에게 선사하는 대신에, 시체들이 출몰하는 현실의 악몽을 극한까지 몰고 감으로써 인간의 문명 세계 전체를 지옥도로 그려낸다. (······) 이런 카프카적 상상력은 부조리라는 주제 안에 제한되어 있지 않다. 이런 상상력은 마치 인간의 진보와 진화의 역사 전체를 야유하는 것처럼 보인다.[16]

편혜영의 소설집 해설을 통해 평론가 이광호는 매우 중요한 지적을 하고 있다. 시체들이 횡행하는 끔찍하고 엽기적인 소설을 옹호하면서 이것이 카프카적 상상력과 상통하는 소설이며, 인간의 진보와 진화의 역사 전체에 대한 야유라는 것이다. 특히 주목되는 견해는, 이러한 작업이 대중적인 장르 안에서 이루어졌다면 어떤 방식으로든 해결되었을 것이라는 점이다. 이를테면 좋은 결말을 얻었을 것이라는 가설인데, 과연 그럴까.

이러한 가설이 진실일 수 있는 가능성은, 장르 문학의 일반적인 성향으로 보아서 매우 높다. 예컨대 한국 판타지 소설의 효시 격인 이우혁의 『퇴마록』에 나오는 주인공들은(예컨대 현암, 준후, 승희 등) 말세에 즈음해 소멸되는 것 같지만, 후일이 기약된다. 그들이 죽고 살고, 그에 따른 내면적 갈등을 겪는다든가 하는 일 따위는 별로 중요하지 않다. 장르 문학에서는 그림일 경우는 물론, 문자의 진행에서도 외면적 파노라마가 더 큰 관심의 대상이 된다는 사실을 기억하자. 그렇다면 전통 문학에 기대를 쏟아 온 인간의 전통적 고뇌는 동일한 범주 아닌, 차원을 달리하는 범주 안에서 그 해결이 기대되는 논리로 연결되어야 할 것이다. 즉 본격 문학에서 장르 문학으로의 범주 이동이다.

여기서 '영상 문화와 문학의 새로운 파동'이라는 주제 전반의 핵심으로 돌아가 보자. '따라가는가, 넘어서는가'를 논의의 결론으로 내세웠는데, 이러한 제목에는 따라갈 수도, 넘어설 수도 없는 갈등과 고민이 담겨 있다. 한 논자에 의하면 이 같은 "근본주의적인 접근은 금물"[17]인데, 그러나 급변하는 문학의 정세 속에서 당연히 제기되어야 할 문제이며, 새로운 모색이 이루어져야 한다. 문학사는 늘 이 일을 해왔다.

앞의 논자 또한 본격 문학이나 대중 문학이 각기 독자적인 것은 아니고, 이분법적 구도 또한 역사적으로 만들어졌음에 주목한다. 그러나 그 역시 근본주의적인 접근은 금물이라고 하면서, 같은 글에서 근본주의를 경계하다가 "'비주류 장르 문학'과의 긴장을 통해 이룩된 문학의 창의적인 성취에 눈머는 일은 행여 없어야 한다"[18]고 약간 다른 의견을 내보인다. 말하자면 양자를 함께 주목하면서 양자 사이에서 훌륭한 문학적 성과가 산출될 가능성을 기대하는 것이다. 바로 그렇다. 이른바 본격 문학이든 장르 문학이든 중요한 것은 '문학'이며, 무엇이 참다운 문학에 기여하는가 하는 것을 발견하는 일이다. 그러므로 '근본주의적 접근'은 어차피 불가피하다.

대중문화에 대해 일찍이 이론적 관심을 표명한 사람은, 널리 알려져 있듯이 벤야민Walter Benjamin(1892~1940)이다. 유명한 논문 「기술복제 시대의 예술 작품」을 통해 상실된 시대, 즉 사진의 진화가 이루어질 때의 예술의 운명을 예언적으로 갈파했던 그에게 대중문화는 매력의 꽃이었고 유혹의 함정이었다. 그 진화가 오늘날 아날로그에서 디지털로, 마침내 인터넷에서 모든 것이 이루어지는 현실에서 그의 이론은 소중한 참고가 된다. 과연 그는 어느 쪽일까. 활자적 전통? 탈근대적 엽기? 우선 저명한 벤야민 연구가 모스Susan Buck Moss의 견해를 중심으로 조금 깊이 접근해 보는 것이 좋을 듯하다.

19세기 초반에 독일의 낭만주의자는 계몽주의의 합리성에 대항하여 신화의 부활을 주창했다. 셸링은 이를 "다른" 것을 의미하는 동시에 자체로 존재하는 "자연의 사물들"에 기초한 새로운 "보편적 상징"이라 불렀다. 벤야민에 따르면 20세기에는 산업 문화라는 "새 자연"이 이러한 낭만주의자가 바라 마지 않았을 "보편적 상징"의 모든 "신화의 힘"을 생성하고 있었다.[19]

오늘의 인터넷 문화 전 단계라고 할 수 있는 산업 문화, 그러나 벤야민 당시, 즉 1920~1930년대에서 바라보았을 때는 충분히 대중적인 산업 문화의 여러 양상을 그는 이미 "새 자연"이라는 말로 신선하게 파악하고 있었다. 독일 정신사의 전통이 원래 낭만주의에 있고, 이 낭만주의가 계몽주의와의 갈등을 통해 역사적 변이를 보이고 있다면, 벤야민을 통해 나타나는 그 새로운 상황은 조금은 충격적이다. 산업 문화가 새로운 자연으로 인식되고 '신화의 힘'을 기르는 것으로 받아들여지고 있기 때문이다. 벤야민은 물론 새로운 시대가 문화 산업의 전조를 품고 있는 시대라는 점에 처음부터 예민한 촉수를 지니고 있었고, 많은 비판을 가했다. 그러나 근본적으로는 긍정과 수용의 자세를 갖고 있어서 "새 자연"론이 예견되지 않은 것은 아니었다. 가령 이런 태도가 그렇다.

예술의 발전 경향에 대한 명제들은 일련의 전승적 개념들 — 창조성, 천재성, 영원한 가치와 비밀과도 같은 것들을 제거한다. 그 통제되지 않는 개념들(그리고 일시적으로 통제되기 힘든)은 파시즘적 의미에서 실증적 자료를 검토하는 일을 위한 것으로 원용된다.[20]

예술 작품은 근본적으로 언제나 복제가 되었다. 인간들이 만들었던 것은 인간들에 의해 언제나 모방될 수 있었다. (……) 그 맞은편에서 예술 작품의 기술적 복제는 역사적으로 간격을 두고 서로서로 밀면서, 그러나 강도를 강화하면서 이루어졌다. (……) 그러나 판화 기술은 초창기에 석판 인쇄의 발명 이후 수십 년도 채 지나지 않아서 다시금 사진 기술에 의해 밀려나게 되었다. 사진 기술과 더불어 영상의 복제 과정에서 처음으로 가장 중요한 예술적 의무로부터 손이 풀려났고, 그러한 의무들은 이제 대상을 바라보는 눈으로만 귀속되었다. (……) 눈은 손이 그리는 것보다 훨씬 빨리 포착할 수 있으므로 영상적 복제의 과정은 어마어마하게 촉진되어서 말하기와 보조를 같이할 수 있었다.[21]

20세기 초에 이루어진 관찰과 예견이라고 하기에는 놀라우리만큼 정확한 분석을 보이는 이 같은 벤야민의 탁견은 오늘의 영상 문화, 인터넷 문화를 천재적으로 조망한다고 할 수 있다. 특히 영화에 대한 그의 집중적 관심은 탁월하다.

이러한 상태를 연구하기 위해서는 그의 두 가지 서로 다른 매니페스트 ─ 예술 작품과 영화 예술의 복제 ─ 가 어떻게 그 전통적인 모습의 예술에 영향을 끼쳤는가 하는 것보다 더 유익한 일은 없다.[22]

그의 이러한 지적은 우리의 논제와 정확히 부합한다. 그의 진술이 예언적이었다면, 우리의 오늘 논의는 다분히 사후적이며, 황망하게 수습하는 인상을 지울 수 없다. 벤야민의 대중문화 수용론에 대해 자세하게 분석하고 있는 모스에 따르면, 모든 상징은 자연에서 나와서 자연으로 돌아가야 하는바, 오직 신화에만 참된 상징적인 자료가 있다. 신화의 형식은 여기서 자연과 관계를 맺는데, 일찍이 셸링Schelling은 "다른 것을 의미하는 동시에 자체로 존재하는 자연의 사물들에 기초한 새로운 보편적 상징이 신화 부활"[23]이라고 보았다. 독일 낭만주의자들은 계몽주의 또는 계몽주의적 합리성에 대항해서 신화의 부활을 주창했는데, 그것이 보편적 상징이라는 것이다.

산업 문화 = 새 자연 = 보편적 상징 = 신화의 힘

이라는 도식이다. 여기서 가장 궁금한 것은 산업 문화가 어떻게 '새 자연'이 될 수 있는가 하는 초기 의문이다. 낭만주의적 전통을 계승하는 입장에 있으면서 비의성과 마르크시즘을 교묘하게 결합시켜 나간 벤야민은 이 문제에서도 교묘한 결합의 묘미를 즐겼다. 새로운 산업 문화에 신화적인 에너지가 많기 때문에 보편적 상징이 주어질 수 있으며, 그렇기 때문에 새 자연으로서 손색이 없다는 논지의 큰 배경에는 거기에 "신들의 보편적 임재"가 있다는 사고가 또한 깔려 있다. 그는 영상적 복제와 결합된 산업 문화가 신들이 개입해 있는 현장이기 때문에, 이를 통해 근대가 성공적으로 수행되고 집단적/혁명적 각성이 이루어진다고 보았으며, "대중문화는 꿈나라"라는 인식이 생겨날 정도로 여기에 비전을 걸고 있었다. 초현실주의, 프루스트, 보들레르, 마르크스, 프로이트 등을 몽타주처럼 교합시킨 그의 이론은 확실히 매혹적이면서 동시에 모순을 안고 있다. 무엇보다 사회의 탈신화화, 탈주술화가 근대의 본질이라는 일반적인 인식[24]에도 불구하고 그는 근대를 신화적으로 인식했다. 벤야민은 산업 사회의 근대가 오히려 세계를 재주술화했다는 것이다. 사회제도는 합리화되었으나 그 이면의 꿈이라는 차원에서는 도시와 산업 체계가 재주술화되었다는 것이다. 벤야민의 미완의 대작 『아케이드 프로젝트』에서 아케이드는 똑같은 거리들과 끝없이 늘어선 건물들로 이루어진, 고대인이 꿈꾸던 건축, 즉 미로의 실현으로 찬미된다. 이러한 미로는 동시에 복제된 영상물들과 그 이미지가 겹치면서 새로운 자연이라는 신화의 힘과 연결된다. 어쨌든 복제 영상물을 거느린 대중적 산업 사회가 세계를 혁신시켜 주리라는 기대를 단순한 환상이라고만 보기는 어렵다.

다음으로 미디어 이론의 대가 맥루한Herbert Marshall Mcluhan(1911~1980)의 이론에 눈을 돌려 볼 필요가 있을 것이다. 널리 알려져 있듯이 맥루한은 오늘의 영상 매체와 직접적으로 연결되어 있다. "미디어는 메시지"라는 유명한 선언을 담은 저서 『미디어의 이해』(1964)를 통해 일찍이 오늘의 전자 시대와 매체의 중요성, 인터넷의 위력을 예언했던 그는 오늘의 논제에 가장 밀착되어 있는 이론의 제공자다.

① 하비로크Eric Havelocks는 그의 유명한 저서 『플라톤 서문』에서 그리스인들의 구전 문화와 필사 문화를 비교한다. 그에 의하면 플라톤 시대에 들어와서 필사 문자는 탈부족화된 인간에게 새로운 환경을 조성했다. 그 이

전까지의 그리스인들은 그들만이 사용하는 종족 백과사전 방식으로 교육을 받았다. (……) 그러다가 개인주의적이고 탈부족화된 인간형이 나타남으로써 새로운 교육이 필요하게 되었다. 플라톤은 글을 읽고 쓸 줄 아는 사람들을 위해서 새로운 계획을 만들어 냈다. 그것은 '이념'을 바탕으로 하는 것이었다. 표음문자로 정리된 지혜는 호메로스와 헤시오도스와 종족 백과사전의 기능을 떠맡게 되었다. 그 이후 이 분류 정리된 자료에 의한 교육이 서구 세계의 강령이 된다.

그러나 전자 시대에 접어든 오늘날, 자료의 분류는 아이비엠IBM의 가장 중요한 측면인 유형 인지로 나타나고 있다. (……) "미디어는 메시지다"라는 장은 현대를 전자 시대라는 관점에서 볼 때 완전히 새로운 환경을 창조했다는 것을 뜻한다.[25]

② 우리의 문화는 모든 사물을 관리하기 위해 이들을 분할하고 구분하는 데 숙달되어 있으므로 이제 실제로 "미디어가 메시지다"라는 것을 납득하면 다소 충격이 될 것이다. 그러나 이것의 의미는 간단하다. 그것은 모든 미디어가 우리 자신의 확장이며, 이 미디어의 개인적 및 사회적 영향은 우리 하나하나의 확장, 바꾸어 말한다면 새로운 테크놀로지 하나하나가 우리에게 도입되는 새로운 척도로서 측정되어야 한다는 것이다.[26]

③ 인쇄는 16세기에 개인주의와 내셔널리즘을 만들어 냈다. 프로그램과 내용의 분석은 이러한 미디어의 마력 혹은 그들의 잠재의식으로의 침투를 이해하는 데 아무런 단서가 되지 못한다.[27]

④ 세분화된 문자문화적, 시각적 개인주의는 전기적인 패턴과 내부 확장성을 갖춘 사회에서는 이미 존재할 수 없다.[28]

⑤ 전기 미디어를 통해 우리는 우리의 신체를, 확장된 신경조직 속에 집어넣어 동력을 만들어 낸다. 그 동력에 의해 손, 발, 이빨, 그리고 체온 조절 기관의 단순한 확장이었던 종래의 모든 테크놀로지는 정보 조직으로 바뀔 수 있을 것이다. (……) 인간은 이제까지 코라클, 카누, 활자, 그리고 여타의 신체 기관 확장 앞에서 충실히 자동제어 장치의 역할을 했던 것과 같이 전기 테크놀로지 앞에서도 충실해야 한다.[29]

맥루한의 이론은 '핫 미디어'와 '쿨 미디어'의 분류로 대중적인 보급을 얻고 있지만, 그 요점은 활자 시대는 지나갔고 전자 시대가 왔다는 것으로 요약된다. 또한 활자 시대는 인간을 개인주의로 분자화시키면서 영역의 세분화를 가져온 반면, 전자 시대는 미디어의 기계화·보편화에 따라서 도시 속의 군중을 다시 부족화한다는 논리가 핵심을 이룬다. 마르쿠제의 일차원적 인간을 연상시키는 대목이다. 따라서 개인의 부족화는 물론 내셔널리즘 대신 글로벌리즘이 촉진되는 현상도 벌어진다. 빛의 속도로 이루어지는 전자 네트워크 시대에 인터넷의 소통은 전 세계를 지구촌이라는 이름으로 단일화시키고 있지 않은가. 증대, 쇠퇴, 부활, 역전이라는 네 요소가 중심이 되는 맥루한의 개념 틀은 지금까지 예외 없이 적중하고 있는 형상이다. 테크놀로지와 인간의 삶은 어쩔 수 없이 하나의 띠 속에 포박된다. 그리하여 그는

'구텐베르크 은하계'를 통해 과거의 은하계가 문자에 의한 것이었다면 이제는 구어, 즉 말에 의한 은하계가 왔다고 설명한다. 활자 문자는 휘발되어 버릴지도 모를 운명에 직면한 것이다.

4

벤야민 – 맥루한 – 데리다

　그러나 사진 기술을 중심으로 한 예술의 복제성에 개방적인 자세로 진취적인 이론을 전개한 벤야민의 경우와 새로운 부족의 출현까지 예언하면서 미디어의 변혁을 예고했던 맥루한에게도 간과할 수 없는 적잖은 문제가 있으며, 이것은 압도적인 영상 문화의 물결에 무조건 편승해서 따라갈 수만은 없는 중요한 이유들을 형성한다. 우선 무엇보다 벤야민의 이론에서 더불어 제기되는 이른바 아우라Aura 이론이다. 이 이론의 전제가 되는 것은 시간적/공간적 현존의 일회성이다. 일회적 현존성은 예술 작품에 역사성을 부여하며, 복제품에 대비해서 원작의 개념을 부각시킨다. 특히 미술 작품에서 현저하게 드러나는 일이지만 동일한 작가가 동일한 재료로 동일한 대상을 그렸다 하더라도 동일한 작품이 창작될 수 없는 것은 일반적인 경험에 속하는 일이다.

이러한 작업의 법칙은 활자 문자를 매체로 하는 문학에서도 똑같이 발생한다. 한 사람의 소설가 또는 시인이 동일한 주제, 혹은 소재를 갖고 작품을 창작했다고 하더라도 그 결과는 다양하게 나타나는 것이 문학의 세계다. 근본적으로 시간이라는 요소는 오직 일회적이기 때문이다. 헤라클레스의 강물처럼 지상에서 동일한 시간은 없고, 이러한 시간의 흐름은 아우라를 형성하는 데 결정적인 영향을 미친다. 아침과 낮, 저녁, 밤이라는 시간의 변주는 동일한 인물, 동일한 장소를 끊임없이 전복시키므로 시간은 결국 아우라를 결정한다. 아우라는 또한 활자와 인쇄 그 자체, 혹은 그 과정을 통해서도 빚어진다. 그렇다기보다는 글쓰기 자체, 이를테면 필체를 통해서도 아우라는 나타나며, 이역시 시간과 공간의 지배를 받는다. 복제를 통해서는 다만 재현될 뿐이다.

논리 정연해 보이는 맥루한의 경우 문제는 더욱 심각하다. 그는 모든 문제를 미디어에 넘기고 있으며, 전자 시대의 위력에 함몰되어 있다. 그러나 소통의 방법이 전자 미디어가 유일한 것은 아니라는 점이 짐짓 망각되고 있다. 이메일과 함께 원고지와 펜, 종이는 여전히 공존하고 있으며, 편지도 왕래한다. 특히 문어의 퇴화와 구어의 보편화 주장은 지나치게 도식적이어서, 마치 글자는 없어지고 말만 남는다는 것인지 논리의 극단에 이르면 의구심이 생긴다. 이러한 논리는 발전이 아닌 진화의 논리인데, 발전은 새로운 발명을 역사적 현상으로 받아들임으로써 옛것, 새것이 함께 가는 반면, 진화는 옛것의 소멸과 새것으로의 대체, 변모라는 입장을 취한다. 맥루한 이론은 일종의 진화론으로 인간의 몸이 미디어를 통해서 끊임없이 확장된다는 데 초점이 맞추어진다. 그렇다면 활자 문자의 퇴화와 함께 손도 퇴화하고, 구어의 발달로 눈만 확장, 성장, 진화될 것인가. 만일 이러한 가정마저 동의된다면 생물학적·해부학적·문화인류학적 접근과 연구가 진지하게 수반되어야 할 것이다.

그렇다면 이러한 첨단 이론들에 맞서는 이론은 없는가. 역사비평적/문명비평적 이론의 속성상 과거 회귀나 전통 고수의 이론은 거의 보이지 않는다. 그러나 통합의 필요성은 조심스럽게 인정된다. 벤야민의 메모에 따르면 "인간은 과거와 화해하고 과거를 떠나야 한다―그리고 화해의 한 가지 형식은 경쾌함이다."[30]

벤야민-맥루한-데리다로 이어지는 새로운 매체, 곧 영상 문화로의 진입이라는 도식은 일관된 사상과 이론 배경을 지닌 동일한 계보의 인물들에 의한 것은 아니지만, 해체론에 즈음해 영상의 바다에서 모두 만나고 있다. 해체론은 그 자체로 '천사도 짐승도 아닐'지 모른다. 지마Peter v. Zima(1946~)는 그러나 해체론이 마르크시즘, 정신 분석, 실존주의의 운명을 피하게 하는 공이 있는 듯한 발언을 통해 부분적으로 동조한다. 이런 정도의 입장은 적잖은 이해자들을 얻을 수 있을 것이다. 그러나 마르크시즘, 정신 분석, 실존주의를 능가하는 위력으로 해체론이 전통 문학을 뒤흔드는 상황의 핵이 되고 있는 것은 사실이다.

사람이 과거 속에서 살 수 없듯이 문학 또한 과거 속에서 살 수 없다. 그러나 비록 영상 속에서, 그리고 영상 문화의 압도적인 영향 아래 있다고 하더라도 엄연히 문자가 존속하는 한 활자 문학의 전통 밖으로 무작정 튀어나올 수도 없다. 과거와 화해하고 과거를 떠나야 한다는 벤야민의 말은 문학을 비롯한 모든 예술 장르가 역사의 굽이굽이 온갖 경로를 지나올 수밖에 없는 존재라는 운명을 상기시킨다. 3장 모두에서 인용했듯이 "모든 사람이 동일한 언어로 말하고 동일한 시기를 살고 있는 세계의 밀집성"은 결국 모든 문학 작품과 양식이 그 시기의 소산이라는 점을 말하는 것이다. 영상 문화를 접수하지 않을 수 없다는 이야기다.

> 분명 글쓰기에 미래가 있다면, 이는 적어도 과거를 따라잡아야 할 뿐만 아니라 이전에 회화와 음악, 그리고 영화에서 사용되어 왔던 기술들을 사용할 줄도 알아야 할 것이다.31

「소설의 미래」라는 글에서 버로스William S. Burroughs(1914~1997)가 한 말이다. 이 역시 과거를 따라잡되 현재의 기술, 특히 영상 기술의 구사를 요체로 강조하고 있다. 그는 오려내기cut up와 끼워넣기fold in 기법으로 현대의 서사(혹은 내러티브)를 새롭게 하는 일에 크게 기여한 인물로 평가되는데, 이런 기법으로 그는 『부드러운 기계』, 『폭발한 티켓』, 『노바 익스프레스』 등의 3부작을 발표했다. 그의 작품은 초현실주의의 콜라주 기법을 차용한 병렬과 도약 등 멀티미디어 스토리텔링의 서사 창작으로 유명하지만, 여기서 주목되는 것은 이러한 새 기법으로 전통적인 주장이나 생각과 화해를 시도한다는 점이다. 버로스에게 있어 소설 혹은 내러티브란 정신의 연상적 사유를 반영하는 복합적인 네트워크라는 평가[32]는 아마도 그런 정황을 이름 하는 것일 것이다.

그러나 영상 문화적 기법 내지 영상 문학과의 화해라는 명제의 수용은 그리 녹록지 않을 수도 있다. 인간의 '정신'을 중시하는 근대적 이성의 관점과 한국 문학 특유의 선비적 전통이 쉽게 물러서지 않을 것으로 보이기 때문이다. 가령 근대적 이성관과 결부된 '정신'Geist론에서는 신칸트학파에 의해 정리된 다음과 같은 견해가 집요하다.

'정신'이란 감각적으로 인지가 가능하지 않으면서 내면의 요구를 충족시키는 일체의 것이다.[33]

다른 한편, 문학의 본질을 예와 의, 그리고 종교적 숭고함에서 찾는 조선조 문학의 전통은 '정신'론과 어울려 문인, 작가를 문사文士로 부르는 장엄함의 영역을 지키고 있다. 유가에서 비롯된 이 같은 의식은 다양한 종교적 배경과 인터넷 영상 문화에도 불구하고 여전히 실존적인 양식의 근본에 자리 잡고 영상 문학의 부정적 현실 맞은편에서 일종의 길항 작용을 하고 있는 것으로 생각된다. 결국 우리의 전통이나 유럽의 전통 모두(한국과 독일은 이 경우 또 금속활자 발명국이라는 공통점을 갖고 있다) 영상 문화로 문학이 진입하는 것에 다소간 거부감을 갖고 있는데, 통일적인 양식을 모색하는 일이 불가능한 것으로만 보이지는 않는다. 영상 문화로 대변되는 오늘의 현실 상황에 대한 깊은 이해를 바탕으로 오랫동안 형성된 문학의 가치를 새롭게 반영해 나갈 수 있을 것으로 기대된다. 그것이 영상 문학과 활자 문학의 융합을 통한 새로운 양식의 출현까지 이르지는 않는다 하더라도, 시와 소설이 섞이는 장르 혼합의 형태가 빈번해질지는 모른다. 사실상 일부에서 벌써 그것은 이루어지고 있다.

다른 한편, 문학에서도 일종의 양극화 현상이 생겨나고 있다. 수많은 문학 인구에도 불구하고 인기 작가 또는 스타 작가들은 소수에 그치며, 그 대신 그들은 상당한 부와 명예를 누리고 있다. 그 가운데 몇몇은 이미 인터넷을 통한 연재소설도 쓰고 있으며, 다시 그것을 책으로 출판하는 등 활자 미디어와 영상 미디어를 함께 거머쥐고 있는 양상이다.

"여러분은 지금 당장 컴퓨터와 휴대폰을 끄고 주위에 있는 사람들을 발견해야 한다." 세계 최대 인터넷 검색 업체인 구글의 에릭 슈미트 회장이 2008년 5월 대학생들을 향해 이렇게 외쳤다. 펜실베이니아 대학 졸업식에서 한 강연이었는데, 그 요지는 "가상 세계에서 벗어나 현실의 인간관계를 만들라"는 것이었다.[34]

5

이미지가 구체적 실제라면,

　영상 문화가 활자 문학에 주는 영향은 물론 미디어를 중심으로 한 것이다. 그러나 시대적으로 포스트모더니즘, 그리고 해체론 철학과 겹쳐진 상황은 철학으로부터 받은 영향을 간과할 수 없는 것이 사실이다. 이를 위해서는 몇몇 철학자 내지 이론가를 이와 관련해서 살펴보는 일이 필요할 듯하다.

　먼저, 질 들뢰즈Giles Deleuze : 푸코, 데리다 등과 함께 20세기 후반 프랑스 철학을 주도해 온 그는 이들과 함께 니체 철학의 계승자로서 넓은 의미에서 포스트모더니즘의 이론가에 속한다고 할 수 있는바, 그는 19세기에 이르는 주류 철학을 이성 중심의 왕국으로 관찰하고 여기서 스스로를 와해시킨다. 그의 대표작 『차이와 반복』Difference et repetition(1968), 『의미의 논리』Logique du sens(1969) 등을 통해 말하는 그의 여러 주장과 논지 가운데 현대 문학 일반에 영상 문화의 영향 다음으로 중요하게 언급될 수 있는 부분은 첫째, 주체 형성에 관계하는 타자의 문제, 그리고 그 다음으로는 예술 작품의 파편적 비연속성 이론이다. 20세기 후반, 즉 1990년을 전후해 우리에게 그 이름이 알려지기 시작한 들뢰즈에 관한 본격적인 소개는 아마도 서동욱의 『차이와 타자』일 것이다. 서동욱에 의하면 주체와 타자의 문제는 이렇게 요약된다.

> 들뢰즈는 타자의 효과란 "내가 지각하는 각각의 사물과 내가 사유하는 각각의 관 주위에서, 〔내 지각의〕 변두리의 세계, 즉 〔……〕 배경을 조직하는 것"이라고 말한다. 이 점을 사물 세계에 한정 지어서 좀 더 구체적으로 이야기해 보자. "대상의 어떤 부분을 내가 볼 수 없는 경우가 있다. 이때 나는 이 부분이 나에게는 안 보이지만, 동시에 타자에게는 보이는 부분으로 여긴다. 그 결과, 내가 대상의 이 숨은 부분에 도달하려고 할 때, 나는 대상 뒤에 있는 타자와 결합하고, 그리하여 이미 예측했던 전체화를 할 수 있게 된다." (……)
>
> 우리가 지각하지 못하는 부분을 지각하고 있을 타자의 존재를 전제하고서만 우리의 의식은, 우리가 일상적으로 체험하는 바와 같은 하나의 전체화된 세계를 체험할 수 있다. 다시 말해, 타자를 통해서 이 전체화된 세계의 상관자로서 우리 의식은 구성된다.[35]

들뢰즈의 이론은 말하자면 주관과 객관, 자아와 타자의 대립으로 구성되어 있는 이원론의 틈새를 파고들어 어떻게 타자가 자아의 공간적 지각을 가능케 해 주며, 역시 어떻게 타자가 자아의 시간 의식을 가능케 하는가 하는 문제를 심층적으로 인식하고 있다는 것이다. 자아는 자아 혼자 자율적으로 형성되지 않는다는 면에서 이 이론은 반현상학적이라고 할 수 있으며, 자아의 배타적 성격에도 근본적인 의문을 제기한다. 사실상 최근 10여 년 한국 문학 비평에서 가장 빈번하게 인구에 화자되어 온 단어가 있다면 바로 '타자'일 것인데, 그 근원은 들뢰즈에 있다고 봐도 무방할 것이다. 타자 이론으로 말미암아 주체와 자아는 와해되었고, 사물과 세계를 인식하는 기본 단위는 흔들리게 되었다. 내가 바라보는 나의 시선과 입장에 이미 타자가 들어와 있다고? 그렇다면 온전한 내가 바라볼 수 있는 세계란 존재하지 않는다는 말인가.

분필 속에 뒤엉켜 있는 목소리들

그 이후로 칠판에 분필을 대면
어떤 목소리가 끼어들고
어떤 손이 완강하게 가로막고
어떤 손이 낯선 분절음을 휘갈기게 한다.[36]

전통과 현대를 조화롭게 아우르는 시인 나희덕의 시에 나타나는 이러한 진술은 들뢰즈의 타자론이 다만 첨단의 이론만이 아님을 보여준다. 시 「거대한 분필」이 말해 주듯이, 이미 우리의 주체와 자아는 태생적으로 타자와 더불어 형성되었는지 모른다. 그러나 멀쩡하게 자아 속에 타자가 숨어 있다는 이론은 다소 낯설며 생뚱맞다. 자연스럽게 그것은 '나'를 해체시키고, 어리둥절하게 만들기 때문에, 20세기를 지배한 현상학이나 실존주의와는 또 다른 의미에서 도전적이다. 들뢰즈의 또 다른 이론인 파편적 비연속성이라는 현대 예술의 분석 앞에서도 따라서 손을 들 수밖에 없다.

레비나스와 마찬가지로 들뢰즈 또한 유기체적 전체성에 대립하는 파편적 비연속성의 현시를 예술의 주요 기능으로 보고 있다. 레비나스가 현대 회화 일반을 통해 이 점을 밝히는 반면, 들뢰즈는 보다 구체적으로 개별적인 작품들을 분석하면서 동일한 일을 해낸다. 들뢰즈의 수많은 작품론 가운데 프루스트의 소설과 베이컨의 그림에 대한 분석은 아마도 가장 적절한 예들을 제공할 것이다. 들뢰즈는 프루스트의 한 구절을 분석하는 자리에서 놀랍게도 레비나스가 클로즈업 기법과 현대 회화의 분석을 통해 주장했던 바와 매우 동일하게 비전의 비연속성, 파편성의 문제를 다루고 있다. (……) 화자의 눈이 그의 애인의 얼굴에 점점 가까이 근접함에 따라 얼굴은 비연속적인 카오스적 파편들로 해체되어 버린다. 즉, 인격적 표징인 얼굴은 익명적 파편이 된다.[37]

이 문제는 들뢰즈 혹은 레비나스의 이론, 결국 영상성과 깊은 관계에 있음을 드러내 준다. 이들은 영화에서의 클로즈업 기법이 본성상 일상적 비전을 파괴하고 카오스를 산출한다고 보면서 일반적으로 은 폐된 어떤 환상적인 측면을 부각시킨다고 본다. 통일된 전체를 파괴 해서 파편적인 부분을 유도해 내는 것이다. 가령, 신체의 한 부위를 클 로즈업시킨다면, 그것은 통일된 질서로서의 신체를 파괴하면서 그 부 서진 세계를 그대로 보여준다. 예컨대, 들뢰즈와 동학 관계에 있는 철 학자 레비나스의 다음과 같은 진술은 영상(화상)을 통한 현대 예술의 입지를 잘 가르쳐 준다.

> 현대 회화는 표상된 대상들로부터 표현이라는 노예적 운명을 제거하려 한 다. 그렇기 때문에, 세계의 정합성과는 이질적인, 대상들 사이의, 면과 표 면 사이의 대응이 있는 것이다.[38]

그림을 일상적 비전과의 투쟁이라고 선언한 레비나스와 들뢰즈의 파문은 활자를 그림으로 바꾸거나, 그림의 운명을 활자에 덧입힘으로 써 한국 문학에 드리우는 영상성의 그림자를 심화시키는 논리적인 기 여를 한다. '타자'론과 더불어 '비연속성'론이 우리 문학에 맹렬한 영 향을 끼치고 있는 2000년 이후의 문단 현실을 감안할 때, 들뢰즈류의 철학은 확실히 영상 문화의 이론적 동반자임이 틀림없어 보인다.

이 작가의 재능은 탁월한 미끄러지기에 있는 듯하다. 판타지인가 싶으면 풍자로 가고, 풍자인가 싶으면 다시 냉소로 간다. 냉소인가 하면 냉소의 건

너편에 가서 블랙 코미디가 된다. 그 블랙 코미디는 또 코미디가 아니다.[39]

우리 소설계에서 파편적 비연속성을 마치 맞춤식으로 실현하고 있는 박민규의 장편 『지구영웅전설』에 대한 한 비평가의 평이다. 그에 의하면, 파편적 비연속성은 '미끄러지기'라는 말로 풀이되는데, 이것은 "이때 얼굴에 붙인 애교점은 하나의 평면에서 다른 평면으로 건너 뛰고, 그 평면들 각각에 대해 (……)"[40]라는 들뢰즈의 프루스트 분석과 유사해 보인다.

어찌됐든, 주체가 존재하지 않는 카오스와 비인격적 익명성으로 요약될 수 있는 현대의 예술과 문학에 대한 들뢰즈 계열의 철학은 한국 문학의 파편화 현상에 상당 부분 기여한 것이 사실이다. 특히 "예술의 가장 기본적인 과정은 대상을 그 대상의 이미지로 대체하는 데 있다"[41]는 레비나스의 이론은 이미지를 실재 아닌 비실재로 생각하는 통념에도 수정을 가하면서 복제물, 그림자, 이미지도 구체적 실재라고 주장한다. 이와 같은 논리를 구성하는 힘을 '순수 감각'Sensation pure이라고 부르기 때문에, 그 고유한 기능이 옹호될 수 있으며, 문학에서도 가상론에 맞설 수 있는 것으로 보인다.

레비나스나 들뢰즈의 이론을 쫓다 보면 영상 문화의 영향은 더 이상 거스를 수 없는 것으로 생각되며, 이를 추수하는 일은 불가피해 보인다. 결국 문제는 활자 문화와의 공존 가능성, 화해로우면서도 전통적인 가치가 파괴되지 않는 수준의 확보라고 할 수 있다.

레비나스와 들뢰즈의 이론에서는 이와 관련해 주목할 만한 요소가 발견된다.

우리가 개념을 통해 대상과 관계할 경우 이 관계 속에서 역할하는 것은 대상을 표상하는 형식 속에서 거머쥐고 인식하고자 하는 우리의 능동성이다. 그러나 우리가 이미지를 통해 대상과 관계할 경우는 정반대의 일이 일어나는데, 대상을 거머쥐는 주체의 활동과 상반되는 우리의 수동성이 모습을 나타낸다.[42]

이미지를 통해서는 활자 문화와는 달리 수동성이 드러난다는 것인데, '리듬'을 통해 그 현상이 생겨난다. 즉, 이미지의 순수 감각이 지닌 리듬에 의해 사람들은 수동적인 지배를 받게 된다. 그리하여 이미지는 가만히 있고, 그것을 보는 자가 거기에 참여한다. 활자 문화인 전통 문학의 수용 과정과는 반대다. 전통 문학에서는 문학 작품에 감동을 받되, 그것을 느끼고 받아들이는 주체로서의 독자가 있기에 그로 하여금 인생과 세계를 성찰하게 한다. 그러나 이미지는 바로 그 이미지가 완고한 주체가 되어 보는 이로 하여금 참여를 시킬 따름이다. 이렇게 되면, 개별자는 개별적인 개성이나 방식을 박탈당하고 "비인격적이고 익명적"(레비나스)인 파도에 휩쓸려 버린다. 이 휩쓸림이 리듬인데, 이 속에서는 주체도 자아도 상실된다. 인터넷에 의해 동원되는 각종 현상이 이와 깊이 연관된다.

주

1 백지연, 「소설의 비상구는 어디인가」, 『엘리베이터에 낀 그 남자는 어떻게 되었나』(김영하, 문학과지성사, 1999), 272~273쪽.

2 같은 책, 75·78쪽.

3 같은 책, 79쪽.

4 같은 책, 79쪽.

5 같은 책, 283쪽.

6 『문학과 사회』(2004년 가을호), 특집 '장르 문학의 현재와 미래' ; 『문예중앙』(2007년 겨울호), 특집 '제4의 문학을 향하여' ; 『작가세계』(2008년 봄호), 특집 '장르문학 혹은 라이트노블' ; 『21세기 문학』(2008년 여름호), 특집 '소설의 미래, 미래의 소설' ; 『창작과 비평』(2008년 여름호), 특집 '장르문학과 한국문학' 등이 있다.

7 김민영, 「문자와 이미지의 혼합과 공존, 그리고 새로운 문학: 비주얼 노블에 관하여」, 『21세기 문학』(2008년 여름호), 41쪽.

8 박신애, 「활자 문학의 대안, 그림과 문자의 조합: 그래픽 노블에 관하여」, 같은 책, 50쪽.

9 이영도, 「장르 판타지는 도구다」, 『문학과 사회』(2004년 여름호), 1103쪽.

10 같은 책, 1103쪽.

11 같은 책, 1111쪽.

12 같은 책, 1127~1128쪽.

13 유희석, 「장르의 경계와 오늘의 한국문학」, 『창작과 비평』(2008 여름호), 13쪽.

14 박진, 「장르들과 접속하는 문학의 스펙트럼」, 『창작과 비평』(2008년 여름호), 31쪽.

15 복도훈, 「한국의 SF, 장르의 발생과 정치적 무의식」, 같은 책, 49쪽.

16 이광호, 「시체들의 괴담, 하드고어 원더랜드」, 『아오이가든』(편혜영, 문학과지성사, 2005), 246~247쪽.

17 유희석, 「장르의 경계와 오늘의 한국문학」, 『창작과 비평』(2008년 여름호), 14쪽.

18 같은 책, 같은 쪽.

19 수잔 벅 모스, 김정아 옮김, 『발터 벤야민과 아케이드 프로젝트』(문학동네, 2004), 330쪽.

20 W. Benjamin, *Das Kunstwerk im Zeitalter seiner Technischen Reproduzierbankeit*, Frankfurt, 1963, 10쪽.

21 같은 책, 12쪽.

22 같은 책, 12쪽.

23 같은 책, 330쪽 재인용.

24 M. Weber의 인식, 같은 책, 328쪽에서 재인용.

25 같은 책, 5쪽.

26 같은 책, 7쪽.

27 같은 책, 22쪽.

28 같은 책, 59쪽.

29 같은 책, 67~68쪽.

30 수잔 벅 모스, 김정아 옮김, 『발터 벤야민과 아케이드 프로젝트』에서 재인용, 322쪽.

31 랜덜 패커/켄 조던 엮음, 아트센터 나비 학예연구실 옮김, 『멀티미디어』(나비프레스, 2004), 463쪽.

32 같은 책, 465쪽.

33 M. Grisebach, *Methoden der Literaturwissenschaft*, München, 1979, 23쪽.

34 『한국일보』, 2009년 5월 20일자.

35 서동욱, 『차이와 타자』(문학과지성사, 2000), 149~150쪽.

36 나희덕, 『야생사과』(창비, 2009), 94~95쪽.

37 서동욱, 『차이와 타자』, 373~374쪽.

38 같은 책, 372쪽에서 재인용.

39 박민규, 『지구영웅전설』, 뒤표지(표4) 도정일의 촌평.

40 서동욱, 『차이와 타자』, 373쪽.

41 같은 책, 367에서 재인용.

42 같은 책, 368쪽.

5장

활자 문학과 영상 문학의 공존

보존과 기억의 문제

I

문학에 문학이 없다?

　우리의 논의는 결국 '문학이란 무엇인가' 하는 문제로 되돌아오게
된다. 문학 고유의 본질적인 것, 활자 문학만이 감당할 수 있는 아름다
움이 있다면 과연 무엇일까. 이러한 문제와 관련해 최근 주목할 만한
한 권의 소설집이 상자되었다. 중견 여성 소설가 이현수의 소설집『장
미나무 식기장』인데, 이 작품과 더불어 영상 시대에도 불구하고 활자
문학이 남아서 할 일, 또는 더욱 관심을 받아야 할 점 등을 생각해 볼
수 있을 것 같다.

　소설집 제목과 같은 제목의 작품「장미나무 식기장」등 7편의 소설
이 수록되어 있는 이 책에서 특히 주목을 끄는 작품은「장미나무 식기
장」과「추풍령」이다. 여기서 먼저「추풍령」을 조금 세밀히 살펴볼 필
요가 있다.

중년의 여성 화자가 여고 시절과 현재의 시간 대비를 통해 추풍령 근처의 고향을 그리고 있는 소설 「추풍령」에는 방치/소멸되어 가는 1970년대의 풍물이 고스란히 복원되어 있다.

어쨌거나 거듭 말하거니와 추풍령에는 추풍령 감자탕이 없다. 대신 크라운 베이커리와 태평 해장국집, 수산횟집, 돼지갈비로 유명한 할매집이 있다. 지금은 할매집이 한적한 국도변에, 작은 정원까지 딸린 근사한 식당으로 변했지만 몇 년 전만 해도 추풍령 장터로 들어가는 길모퉁이 후미진 곳에 자리하고 있었다. 할매집의 아귀가 맞지 않는 미닫이 유리문을 덜커덕 밀고 들어서면 화덕이 붙은 여섯 개의 탁자가 놓여 있고 마주 보이는 가겟방 장지문에 파리가 평균 이십여 마리는 앉아 있었다. (……) 여기에 살얼음이 도는 할매집의 동치미를 곁들여 마시면 코끝은 찡하지만 은은한 향이 입안에 오래 남는다, 라고 제법 감상적으로 쓴 기억이 난다. 추풍령에 있는 식당이어서 그랬을 것이다.[1]

불과 몇 년 전의 추풍령 풍경이다. 작가는 이 묘사를 앞세우고 30여 년 전 여고 시절의 회상으로 소설의 시간 공간을 내세운다. 이 시간 공간 안으로 여러 사건이 등장하는데, 그것들은 대개 세 가지로 요약된다. 첫째는 학교에서 사귄 유일한 친구 장혜련의 이야기다. 권미란이라는 이름으로 소개되는 소설 화자와 장혜련의 만남과 어울림 장면은 지방 소도시의 풍경과 더불어 1970년대 사춘기 소녀들의 현실을 잘 전달해 주는데, 시간의 변화에도 불구하고 변하지 않는 소녀들의 심리 외에도 살며시 웃을 수밖에 없는 지난 시대의 풍속이 거기서 아련히 만져진다. 그것은 게임을 즐기며, 학원으로 내몰리면서 mp3를 귀에 꽂고 다니는 오늘의 여고생들로서는 도저히 이해되지 않는 고고학일런지도 모른다. 그 한 장면을 보자.

혜련과 나란히 앉게 되었을 때도 내 짝이 모드 양장점의 '가다마이'인 줄은 몰랐다. '가다마이'를 벗은 장혜련은 삼각자를 잘 빌려 주는 애이고 우리 반에서 연필을 가장 뾰족하게 깎을 줄 아는 평범한 아이일 뿐이었다. 수업을 일찍 마친 토요일이면 혜련과 나는 도시를 쏘다녔다. 도시는 멀리서 보면 뱀이 풀숲을 지나는 형세로 중심가가 구불구불하면서도 길게 뻗어 있었다. 신성일과 최무룡을 비슷하게 그려서 상영 중인 영화의 남자 주인공이 둘 중 누구인지 구별할 수 없게 만들던 황금극장의 모호한 간판 밑에는 한겨울에도 꾸벅꾸벅 졸기 일쑤인 사주쟁이가 자리 잡고 있었고, 한일 시계점과 전당포를 지나 길이 끝나는 곳에 대성 사진관이 삐뚜름하게 붙어 있었다.[2]

혜련과 소설 화자인 미란은 이른바 짝이었는데, 그녀의 집은 양장점을 하고 있었고, 그리하여 교복에 얽힌 일화가 인상적으로 기억되고, 서술된다. 당시의 넉넉지 못했던 경제 형편을 반영하듯 학생들은 대체로 몸에 비해 다소 큰 교복을 입었는데, 그 까닭은 여고 3년 동안 한 벌로 때우기 위함이었다. 그 사연은 엉터리 그림 간판을 건 극장, 졸고 앉아 있는 사주쟁이, 전당포, 사진관들과 더불어 소설 화자에 의해 추억 속의 아늑한 그림으로 지켜진다. 오늘날 이런 그림들은 한 시절의 생활 문화로 보존되기는커녕 이른바 재개발에 의해 밀려나고 있지 않은가. 새로운 것이 나타나면 옛것 옆에 공존하면 될 터인데, 우리네 습성은 꼭 옛것을 없애 버리고 그 자리에 새것을 세워 놓음으로써 과거와 현재의 대비가 불가능한 시간/역사의 흔적 파괴를 반복한다. 그리하여 빈약한 박물관이라도 탐방하지 않는 한, 우리 주변에서는 과거의 시간을 찾아보기 힘든 상황이 계속된다. 이현수의 과거 묘사는 그 평범함으로 인해 오히려 역사 복원이라는 큰 작업을 해내고 있는 셈이다.

소설의 두 번째 사건은 과부와 처녀, 즉 여인들만으로 이루어진 가정을 중심으로 한 우리 사회의 전통 문화 속에 숨겨진 한恨의 제도에 관한 것이다. 그것은 가령 이런 것이다.

이건 비밀인데 말야, 난 우리 집 호주야. 비밀은 아니었다. 권씨 집안이 유명해진 건 여자가 호주이기 때문이다.

너 사생아냐?

사생아는 엄마를 따라 외가의 호적에 오르니까 외할아버지나 외삼촌이 호주가 되겠지.

그럼 뭐야.

남자가 없어서 그래. 딸도 나뿐이고.

(……)

호적상이고 뭐고 우리 집엔 아예 남자가 없다니까. 들어 봤지? 추풍령 고개 너머 권씨 집안이라고.

여자들만 산다는 그 집?

그 집이 우리 집이야.

오, 그렇구나.

(……)

남자가 없다는 건 말이지. 엄마가 없고 아빠가 없는 그런 단순한 없음, 상실이 아니야. 존재의 증명 자체가 힘든 거지. 한 세계가 이유 없이 문밖으로 밀려나고 죽을힘을 다해도 닫힌 문은 열릴까 말까 하는 것. 남자가 없는 건 그런 거야. 겪어 보지 않은 사람은 몰라.[3]

위의 다소 긴 인용은 그러나 아주 짧은 언어로 우리 사회의 오랜 남성 중심주의와 그 폐해를 요약하고 있다. 권씨 집안이라면 바로 소설 화자를 의미하는데, 그녀가 호주라는 것이다. 지금은 호주제 폐지와 남녀평등에 관한 법제 개선으로 거의 모든 법률 분야에서 남녀 차별이 없어진 것으로 보이지만, 불과 10여 년 전만 하더라도 사정은 달랐다. 작가에 의해 남자가 없다는 것은 "존재의 증명 자체가 힘들다"고 고백되는 상황은 바로 우리네 집안 구석구석에 배어 있던 역사였다. 남편이 없고 아들이 없으면, 어린 손자를 호주로 섬기고 살아야 했던 할머니 이야기를 적지 않은 가정들이 갖고 있었다. 그 손자조차 없는 여인 천하의 집에서나 소설 속의 권미란처럼 간신히 호주로 긴급 대우될 수 있었다. 소설 속 권씨 집안은 과부와 과부로 대를 이어 온 집안으로 남자는 낳기가 무섭게 죽거나, 겨우 살아남아 결혼한다고 해도 딸만 낳고 일찍 죽는다던가 했다. 이런 경우 친척으로부터 남자아이를 양자로 데리고 오거나 딸을 호주로 내세웠다. 결과적으로 말이 권씨 집안이지 대부분이 타성바지 여자들이라고 할 수 있다. 바로 이런 집안에 또 하나의 박물관이라고 할 수 있는, 이른바 과부 법도라는 것이 있었다. 오늘의 시점에서 돌아보면 참으로 비인간적이라고 할 수 있는 부분도 있고, 놀랍게도 생활의 지혜라고 할 수 있는 대목도 있다.

과부가 바람이 나면 집안 자체가 결딴나므로 얼마나 단속이 심했던지 남녀 간의 내외는 물론이요 원색의 옷조차 금지되었다. 내시 집안 여자들의 삶과 같다고 보면 될 것이다. 양자로 대를 잇는 점, 성적 충동을 잠재우기 위해 고수 따위로 장아찌를 담가 먹는 일 등이 그러하다. 과부 집안은 내시 집안처럼 고수 장아찌를 내놓고 먹거나 하지는 않았어도 고수 장아찌 역할을 하는 것이 있긴 했다. 그 첫 번째가 일이었다. 단순한 노동이 아니라 몇 번씩 궁리하고 생각한 끝에 탄생하는 작품을 만드는 일.[4]

오늘날 이러한 풍습을 알고 있는 젊은이들이 얼마나 있을까. 과부라고 해서 남녀 간에 서로 스치는 일마저 엄격히 통제되고, 성욕을 잠재우기 위해서 작품을 만드는 일을 노동으로 삼았다는 것은 상당한 지혜가 아닐 수 없다. 과부들의 음기로 한 땀 한 땀 뜬 모란과 난초와 연꽃으로 수놓는 정경은 그 멋으로 가문의 품격을 삼을 정도였다. 과부 집안이라고 해서 누구도 쉽게 여기지 못하는 이유도 여기에 있었다.

이 소설의 세 번째 스토리는 소설 화자의 어머니 이야기다. 그 어머니는 그토록 엄격한 과부 집안의 규율을 깔아뭉개고 벌떡증으로 풍찬 노숙을 하면서 평생을 산 여인이다. 이 어머니 이야기만으로 한 권의 장편이 가능한 당시의 상황은 그 또한 보존되어 마땅한 박물학일 수 있다.

모듬살이 형태로 여자들만 모여 사는 이 집안의 규율이야 무시하면 그만 아닌가 싶다가도 어머니를 생각하면 그럴 마음이 싹 가셨다. 원죄고 뭐고 도 없었다. 이 빠진 사기 종발 내돌리듯 어머니를 밖으로 내돌리는 집안 여자들이 죄다 못마땅하고 해를 넘겨 상거지꼴로 돌아서는 어머니를 보면 저러고도 사람이라고 살고 싶을까, 막돼먹은 심정이 되었다. 다른 사람이 그러면 막힌 속이 뚫린 것처럼 시원할 수 있지만 하고많은 사람 중에 그게 하필이면 내 어머니여서 용서가 되질 않았다. 그 미운 어머니가 집에 올 때 마다 무쇠솥을 바깥에 내어 걸고 끓이는 것이 있었는데, 그게 감자탕이었 다.[5]

아침 일찍 추풍령 산비탈에서 캔 감자와 돼지 뼈, 그리고 무시래기 를 넣어서 끓이는 감자탕은 어머니만의 특식이었다. 살점을 발라낸 돼지 등뼈를 식칼로 내려치면서 만든 감자탕을 어머니는 뚝배기에 담 아 집집마다 돌렸는데, 동네 여자들은 알뜰히 긁어먹고 아랫목에서 몸을 지졌다. 감자탕을 만들어 동네에 돌릴 때 사람들이 그것을 받아 먹는 장면 장면은 그 자체가 한국, 혹은 한국인만이 갖고 있는 생활의 진묘한 속살이라고 할 수 있을 것이다. 그 장면은 실로 활자 문학만이

할 수 있는 표현의 한 넉살과 깊이에 가늠할 만한 것이어서 다음과 같은 찬사를 얻는다.

사라지는 삶 가운데서 문학을 빌려서만 그 흔적을 남길 수 있는 많은 것들이 있다. 그것들을 보존하는 일은 좀 과격한 비교를 하자면, 석굴암 같은 유적을 보존하는 일보다 더 중요할 수도 있다. 이현수의 「추풍령」 같은 작품을 읽다 보면 그런 생각을 더 하게 된다.[6]

그렇다면 과연 감자탕의 제조와 동네 돌리기 장면이 얼마나 질펀한지 한번 감상해 보자. 후미지다고 할 수 있는 여인네들의 풍속이 걸쭉하게 펼쳐지는데, 이 같은 표현이야말로 우리 모두의 살과 뼈를 관통하는 무형의 에너지라고 할 수 있지 않겠는가.

감자탕은 처음부터 끝까지 어머니 혼자 끓였다. 살점을 발라낸 돼지 등뼈를 뭉툭한 식칼로 내리칠 때, 허공에 떠 있던 어머니의 눈동자도 그때만은 제자리에 박혀 푸르스름한 빛을 냈다. (……) 이윽고 국물이 잘박하게 졸면 새빨간 고추와 금방 간 들깨 같은 향이 짙은 양념을 넣어 당면과 함께 한소금 끓인 것을 뚝배기에 담아 집집마다 돌렸다. (……) 그리곤 힘 좋은 남자와 한바탕 정사라도 치른 양 노골노골해진 얼굴을 하고 나와 다들 살 풀었다고 했다. 집집마다 뚝배기를 돌리는 것이 내 일이었는데 감자탕은 다른 음식처럼 정갈하지 않고 보기에 흉물스러웠다. 국물에 둥둥 뜬 고추기름은 금방 흘린 사람의 피처럼 보였으며 물크러져 형태조차 알아볼 수 없게 된 거무죽죽한 시래기며, 울툭불툭 튀어나온 돼지 뼈다귀의 흉측함이라니 되는 대로 끓인 당면은 인간의 창자를 연상시켰다. 그런데도 다들 입맛을 쩝 다시며 뚝배기를 반겼고 내가 어머니를 추풍령 엄마라고 부르듯이 사람들은 어머니가 끓인 감자탕을 추풍령 감자탕이라고 불렀다.7

감자탕은 이를테면 여인들의 살풀이/한풀이 매체였고, 욕정을 잠재우는 절제의 수단이었다. 그것은 나이 든 과부에게나 사춘기 여고생에게나 마찬가지의 효력을 발휘했다. 지금이라면 이런 기능을 해줄 수단과 방법들은 얼마든지 있을 것이다. 나이 든 여자들은 TV 앞에 앉아 있으면 되고, 젊은 처녀들은 게임이나 인터넷 앞에서 얼마든지 신나게 시간을 죽일 수 있다. 소설가 이현수는 이 소설을 통해서 추풍령은 이제 그녀에게 "수몰된 마을이나 바람에 날아간 헛간의 재처럼" 사라진 지명이라고 말한다. 소설 화자와의 관계가 사라져 버린 지금 비록 추풍령이라는 지명이 지도에 있을지언정 그녀에게는 더 이상 없다는 것이다. 이런 식으로 사라져 버린 이름이 어찌 추풍령뿐이겠는가. 격변을 겪어 왔다고 흔히 말해지는 우리 사회는 이렇듯 수많은 옛것을 버리고 있다. 소설가 이현수는 이 버려진 이름을 주워서 걸레로 닦은 뒤 비록 실용적인 의미가 소멸되었다 하더라도 그것이 주는 무형의 위엄을 다시 내세우고 싶어 한다. 그것은 평론가 이남호의 과감한 평가처럼 영원히 문학만이, 활자로서의 문학만이 감당할 수 있는 불변의 힘이 분명해 보인다. 그 어떤 다른 매체에 의해 신산한 삶이 지닌 씁쓸하고 매우면서도 질펀한 에너지가 제대로 살아날 수 있겠는가.

얼핏 보아 소설 「추풍령」은 호주제도의 허실을 주제로 한 작품처럼 보이기도 한다. 이제는 폐지되었지만 호주제가 여성에게 가한 유형무형의 상처는 상당한 것이었는데, 이 소설은 여성이 호주가 될 수밖에 없었던 경우에도 그 상처의 깊이는 만만치 않은 것이었음을 보여준다. 이상한 눈초리로 쳐다보는 시선이 싫어서 호적등본을 제출하지 않고 취직을 포기했다든가, 애인과의 결혼을 양보했다든가 하는 일 등등을 소설은 고발하면서 나 홀로 세대에서 오늘날 유물이 되어 버린 이 제도의 실효성을 묻는다.

그러나 소설 「추풍령」이 우리에게 아프게 부각시키고 있는 것은 시간의 문제다. 과거가 현재를 대체할 수 없고 현재는 미래를 향해 쉬지 않고 달려가지만, 시간들 사이에는 어떤 등위도 존재하지 않는다는 것을.

많은 것이 변했다. 빠르게 흐르는 시간은 순서를 바꾸기도 하고 앉은자리를 서로 바꾸게도 했다. 지금 내가 아무리 침을 튀겨 가며 오래전의 기억을 일깨워 준들 혜련은 그 모두가 흘러간 한때였다고, 그래서 잊었다고 말할지도 모른다.

너와 나의 시간이 다른 것처럼.

호주의 시간이 다르고 세대주의 시간이 다르고 동거인의 시간이 다른 것처럼.

흘러간 시간은 시간의 눈금으로는 재단되지 않는 거니까.[8]

작가는 시간을 호주의 시간, 세대주의 시간, 동거인의 시간으로 나누면서 과거와 현재를 변별화시킨다. 그러나 그 구분이 소박한 순서 개념에 의한 것만은 아니어서, 과거를 흘러간 한때로만 보는 것에 반대한다. 과거와 현재의 시간은 마치 "너와 나의 시간이 다른 것처럼" 병렬적으로 놓여 있다는 생각이다. "흘러간 시간은 시간의 눈금으로는 재단되지 않는다"는 시간 인식이다. 흘러가기는커녕 때로 과거는 현재를 압도하고 현재에 강한 영향력을 행사하기도 한다. 최소한 과거와 현재는 스타일을 달리하는 시간일 뿐인지도 모른다. 감자탕의 그 보기 흉하면서도 땀을 흘리게 하는 미각, 그러면서도 욕정을 잠재우는 기능의 시간을 오늘의 시간이 수용할 수 있을까. "상처를 치유하던 약이었다고 하면 믿어나 줄까" 하는 작가의 질문은 우리 모두의 질문이 된다. 이와 마찬가지로 문학 역시 우리 모두의 상처를 치유해 주던 약이었다고 하면, 오늘의 영상 문학, 인터넷 문학이 믿어 주겠는가. 이를 즐기는 젊은 소설가들은 지금 문학은 더 이상 구원도 치유도 아니라고 공언한다. 그러나 소설 「추풍령」은 여전히 문학은 치유이며 구원임을 알레고리로 증언한다. 추풍령 감자탕은 이제 단순히 입맛을 돋우는 음식이 되었지만, 그리고 마흔여덟 개나 되는 체인점을 가진 대중화된 상표가 되었지만, 막상 추풍령에는 그 점포가 없다. 마치 문학이라는 이름의 예술 아이템은 여기저기 출몰하는 콘텐츠가 되어 대중화되었지만, 구원을 말하는 전통 문학은 거기에 없는 것과도 같다. 말하자면, 붕어빵에 붕어가 없듯이, 문학에 문학이 없는 것이다. 이렇듯 감자탕을 빌려 활자로부터 영상으로의 이동에 따른 시간 변화 속의

문학 시간을 알레고리화하고 있는 소설 「추풍령」은 그야말로 전통적
인 활자 문학에 의해서만 쓰여질 수 있는 가치와 감동을 전달해 준다.

2

문학의 기억력

이에 덧붙여 같은 소설가의 「장미나무 식기장」을 해석해 보는 것도 이 문제의 이해를 완성하는 데 도움이 될 것이다. 「장미나무 식기장」의 테마는 이 소설의 화자인 '나'가 고백하는 다음과 같은 진술에 이미 압축되어 있다.

식기장을 열 때마다 달콤한 장미향이 아니라 텁텁하고 쌉싸래한 감나무 숲의 냄새가 난다. 이 식기장이 있는 한, 불에 타 없어진 책상과 함께 우리가 거쳐 온 여러 집들과 그 집에 얽힌 역사와 소소한 일들을 나는 오래오래 기억할 것이다.[9]

그러니까 소설 속의 장미나무 식기장은 소설 화자의 기억 속에 있

김주연

는 책상/쌀통이다. 그러나 소설에는 기억 속의 식기장만 등장하는 것은 아니다. 화자가 아파트의 대형 쓰레기장에서 발견한 이즈음의 식기장도 있다. 이를테면 이 작품에는 두 개의 식기장이 하나는 현물로, 다른 하나는 기억 안에서 존재한다. 둘은 현물이 기억을 자극하는 것으로 작용하면서 「추풍령」과 마찬가지로 현재 시간과 과거 시간을 대비시키는 기능을 한다. 대형 쓰레기장에서 주운 장미나무 식기장이 환기해 주는 과거 시간에 대한 그리움, 그것과 얽혀 있는 그 시대의 풍속에 대한 작가의 심리적 경사는 다음과 같이 표현된다.

> 장미나무 식기장은 고풍스럽고 아름다웠지만, 우리 집과 조화를 이루지는 못했다. 현대식 가구 사이에 낀 육중한 식기장은 얼핏 봐도 수퉁스러웠다. (……) 이젠 찬요리와 더운 요리, 음식의 모양과 색깔에 맞는 그릇을 진열하다 말고 감개무량해서 나는 몇 번이고 식기장 문을 여닫았다. 정리가 끝나고도 식기장 앞을 떠나지 못하고 주변을 계속 서성거렸다.[10]

고풍스러운 식기장은 그렇다면 단순한 복고 취향의 상징인가. 혹은 지나간 세월에 대한 아쉬움인가. 이현수에게 있어서 그것은 그 이상의 어떤 것, 이미 「추풍령」에서 확인된 바와 같이 "감개무량"과 "주변을 계속 서성거리는" 일종의 사랑과 같은 감정이다. 이 감정을 말하기 위해 소설은 화자가 어린 시절 아버지가 만든 책상(또는 쌀통)에 얽힌 스토리를 펼쳐 놓는다. 그 책상은 방안에 들어가기 힘들 정도로 큰 것이어서 마루 귀퉁이나 현관에서 비틀거리고 뒹굴며 쌀통으로 쓰이다가 나중에는 허름한 궤짝이 되어 가는데, 이 책상 겸 쌀통을 가리켜 소설가는 "아버지의 대책 없는 욕심과 빛나는 상상력이 빚어낸 결과"라고 말한다. 그렇다면 소설 화자인 딸은 그 대책 없는 욕심과 빛나는 상상력을 지금 아득한 그리움으로 사랑하고 있는 것이다. 그 사랑 안에는 당연히 화자를 포함한 세 딸의 처녀 시절, 그 애환이 담겨 있다. 쌀집 주인이었던 아버지, 아버지가 세상을 떠난 뒤 중간 상인으로 나섰던 억척같은 어머니도 물론 그 속에 포함된다. 이런 생활 가운데 책상은 어떤 의미를 갖고 있었던 것일까.

책상은 아무런 실용적인 기능을 하지 못했다. 그 무용성은 "내사마 징글징글하데이"라는 어머니의 푸념 속에 잘 드러난다. 반짝, 책상이 책상 역할을 잠깐 한 일이 없지 않았지만, 그것은 종내 애물단지였다.

> "그때만 해도 삐까번쩍한 새 책상인께 비가 마루로 들이치면 마른걸레로 닦아조야제, 눈이 오면 비닐 쳐조야제, 이건 책상이 아니고 숫제 알라 하날 키우는 텍이라. 또 거가 땅이 질은께로 홍수가 진 해는 마루까지 물에 잠긴 적도 있었다. 책상이 물을 먹어 가지고 얼매나 무겁던지 그걸 들어내니라 꼬 온 식구가 달라붙어 학을 뗐다 아이가. 그래 애물단지를 어찌나 싸고돌미 애끼든동. (……)"[11]

그러나 어머니는 끝내 이 애물단지 책상을 버리지는 못했다. 그 대신 풍찬노숙 신세로 삭은 몰골이 된 책상을 불에 태우기로 한다. 그러나 막상 불에 타자 어머니는 눈물을 흘리면서 비명을 지른다. 왜 그랬을까.

책상은 어머니에겐 그냥 책상이 아니었다. 나와 언니들이 무심히 책상을 볼 때도 어머니는 그 책상을 다른 눈으로 봤던 것이다. 편의상 우리가 책상이라고 불렀지만 쌀통인가? (……) 아무리 생각해봐도 세상의 모든 아버지 같은, 요령부득의 그 물건.

(……)

잎이 무성하던 한 그루의 밤나무가 하루아침에 목공용 자재로 바뀌던 비정한 현실을. 고단했던 기억을 접고 한 그루의 밤나무로 돌아간 그것은 낡고 삐걱거리는 제 육신이 타는 소리를 그때 똑똑히 들었을 것이다.[12]

이때 책상이 어머니의 남편이었던 아버지가 만든 물건이었고, 오랜 세월 그들과 고락을 함께 해온 물건이었기 때문이라고만 해석한다면, 그것은 피상적인 관찰이다. 어머니에게는 책상을 마치 하나의 생명체 내지 인격체로 바라보는 사랑의 마음이 있었던 것이다. 게다가 책상이 책상 구실을 제대로 하지 못했다는, 이를테면 책상의 불행했던 생애에 대한 연민이 있었던 것이다. 연민은 사랑의 시작이며 사랑의 다른 이름이다. 작가는 이 책상이 많은 사람들이 어울려 자연과 조화를 이루며 살았던 고향 집의 다른 이름이라는 것을 또한 말하고 싶어 한다. 지금은 아파트 안에서 붙박이 형태로 붙어 있는 현대식 가구와 달리 그 자체가 하나의 독립된 생명체로서 사람들과 더불어 호흡하던 집, 혹은 가구!

이제 나는 어머니의 눈으로 장미나무 식기장을 보고 있다. 책상이 돌아가

신 어머니에게 그냥 책상이 아니었듯 장미나무 식기장이 내겐 그냥 식기장이 아니었다. (……) 오피스텔과 아파텔의 등장으로 집이 필요 없는 새로운 종족이 출현했다고는 하나, 번개가 치는 찰나에 쓰러지고 마는 생의 한 순간을 오롯이 기억하자면 그들도 대책 없이 큰 책상이나 수퉁스런 장미나무 식기장 하나쯤은 가져야 하는 것이다.[13]

마침내 소설가 이현수는 완곡한 전개를 끝내고 단호한 결론에 이른다. 집이 필요 없는 종족인 신세대가 나타났다고 하지만, 생의 한순간을 오롯이 기억하자면 장미나무 식기장은 그들에게도 필요하다는 것이다. 이 명백한 천명은 영상 문학의 디지털 세대를 향한 활자 문학의 영속에 대한 선언 외에 다름 아니다. 실용성도 약하고 시의성도 없는 "수퉁스러운" 식기장이나 쌀통 같은 책상은 생의 한순간을 기억하기 위해 여전히 소중하다는 선언이다. 그것은 영상 문학의 특징이 명멸에 있음에 반해, 각인을 특징으로 하는 활자 문학이 삶의 순간순간을 기억케 하는 중요한 성격을 지니고 있음을 강력히 시사하는 전언이다. 이 소설이 영상 문학이 일반화되어 가고 있는 2009년에 출간되었다는 사실은 매우 의미 있는 일이 아닐 수 없다.

3

'기억'이라는 미디어

결국 이 문제는 문학에서 '기억'이라는 명제와 만나게 된다. 기억은 예술의 여러 분야에서 소중한 테마가 되지만, 특히 문학에서는 글쓰기가 기억의 버팀목이 될 뿐 아니라 '영원으로 가는 미디어'Verewigung-smedium가 된다는 점에서 주목을 끌어왔다. 고대 이집트 사람들은 이미 글쓰기와 글을 가장 안전한 기억의 미디어로 여겼다. 거대한 건축물과 기념비들이 폐허가 되었음에 비해 그 시절의 글들은 오히려 계속 읽힐 뿐더러 다시 고쳐 필사되어 이들에게 가르침이 되는 경우들을 보는데, 글로 이루어진 문학의 위력을 보여주는 좋은 예다. 검은 잉크와 연약한 종이로 이루어진 흔적이 고가의 장비를 갖춘 근사한 무덤들보다 지속되는데, 기억력을 보여주고 있음이 확실하다는 것이다. 13세기에 나타난 종이는 무덤과 책의 보존 능력을 비교하게 하면서 글이 두 번째 죽음이라고 할 수 있는 '망각'에 비해 얼마나 유효한 무기가 될 수 있는지 보여주었다.

> 확실히 그것들은 숨겨져 있지
> 허지만 그 매력은
> 책들을 읽는 모든 이들을 언제나 건드린다니까.[14]

이러한 발견은 아직은 그 층이 엷은 문인 엘리트의 감정을 고양시켰는데, 그들은 글의 불멸성을 국가 독점 체제의 기억 정책에서 독립적으로 확보할 수 있다고 믿었다. 근대 문인들에 이르러서는 글이 시간의 파괴에도 불구하고 여전히 그 모습을 지키면서 불멸성의 유일한 미디어라는 생각이 강했다. 예컨대, 셰익스피어는 55번째 소네트에서 그의 시가 이집트의 피리미드보다 더 오래 지속하면서 영광을 가져다주리라고 믿었다.

> 피라미드의 으리으리한 건조물을 떠받치고 있는
> 광석보다 더 오래 살아남을 기념물을 나는 장치했지,
> 비가 오거나 북풍이 불어 속절없이 썩어 가지도 않고
> 무수한 해가 지나가고 시간이 줄달음질쳐도 파괴되지 않는.[15]

불멸성의 물질적 조건들에 관해서는 오비드Ovid에 의해서 훨씬 분명하게 진술되는데, 가령 그의 시 「식물변형론」Metamorphosen 마지막 행

에서 창조 사역의 걸작으로 문학 작품을 거론하는 대목이 대표적이다.

글은 셰익스피어의 소네트에서 단순한 보조 수단 이상의 것이다. 플라톤과는 정반대로 그것은 기술상의 드로잉 매체가 아니라, 자율적 커뮤니케이션 내지 대화를 통한 자기 이해의 미디어 기능을 한다. 글로 나타난 생각은, 플라톤에 의하면 안에서 밖으로 나가는 것이다. 그러나 그 생각들이 없어지는 것은 아니다. 플라톤은 그 생각들이 발언됨으로써, 비로소 자신과 만나고 자신을 형성하는 형식을 얻게 된다고 본다. 글은 대화를 파괴하는 것이 아니라, 훨씬 긴 시간의 인터벌을 통해 내적 대화를 가능하게 한다. 플라톤에게서 이렇듯 외재화外在化된 글이 기억의 자리에 앉아서 글 자체를 파괴하는 반면, 셰익스피어에게서는 이런 방식으로 플라톤의 독에서 나온 것이 다시금 기억을 위한 치료제가 되는 모습을 취한다.

사실 활자 시대와 영상 시대를 대변하는 글과 이미지는 원래부터 기억의 미디어라는 점에서 경쟁 관계였다. 해석학자 가다머H. G. Gadamer는 그의 대표작 「진리와 방법」(1960)에서 글의 보존 능력에 대해 다음과 같이 기술한 일이 있다.

> 과거로부터 나오는 그 어떤 전승傳承도 동일하지 않다. 지나간 삶의 잔재들, 건축물들, 장난감, 무덤 속 찌꺼기들은 소리 내며 지나가는 시간의 풍화 속에서도 — 다른 한편 해독되고 읽혀지는 글의 전승이 있다 — 우리 앞에 현전하면서 발언하듯이 아주 순수한 정신이다.[16]

글이라는 토포스가 '순수한 정신'으로 여겨지고 있음을 볼 수 있는데, 기억의 미디어로서 이미지와 글의 경쟁 관계에 대한 르네상스적 담론으로까지 소급될 수 있는 대목이다.[17] 아무튼 영상 시대 이전부터 건축물이나 동상 등의 조각, 또는 무덤이나 그 속의 부장품들은 글의 라이벌이었다. 그러나 이런 이미지물들은 시간의 풍화라는 면에서 결정적인 약점을 안고 글에게 우위를 내줄 수밖에 없었다. 그러나 글은 풍화를 통한 폐허로 가는 길을 염려하지 않아도 되었고, 그것은 영상 시대에 들어서도 변하지 않는 것으로 보인다.

보기에 따라서는 동영상을 통한 기록이 보다 현장감 있는 기억의 저장 장치로 여겨질 수 있고, 또 그러한 견해가 가능한 면이 있다. 그러나 이현수의 소설들에서 볼 수 있듯이 동영상의 시각성은, 시각성을 제외한 다른 감각들 — 청각, 촉각, 미각 등 — 부분에서 글의 우월성을 앞서지 못하는데, 특히 시와 소설 등의 문학적 글에서 그러하다. 글이 포착하고 있는, 시간적 추이와 그 묘사의 절대적인 맛을 대체해 줄 미디어는 아직 발견되지 않고 있다고 할 수밖에 없기 때문이다. 글에 의해서 상기되고 전달되는 기억 저 너머의 세계를 우리는 영원히 존중할 수밖에 없다. 영상 문화 역시 이러한 전통적 자산을 함께 활용함으로써 그 특장을 살릴 수 있을 것이다.

주

1 이현수, 『장미나무 식기장』(문학동네, 2009), 38~39쪽.

2 같은 책, 43쪽.

3 같은 책, 49~50쪽.

4 같은 책, 52쪽.

5 같은 책, 58~59쪽.

6 같은 책, 표4.

7 같은 책, 59~60쪽.

8 같은 책, 64~65쪽.

9 같은 책, 103쪽.

10 같은 책, 81쪽.

11 같은 책, 98~99쪽.

12 같은 책, 101~102쪽.

13 같은 책, 103쪽.

14 Papyrus Chester Beatty Jr. Vesso 3, 9~10쪽; Aleida Assmann, *Erinnerunqsräume*, München, 1999, 181쪽에서 인용.

15 같은 곳.

16 같은 책, 190쪽에서 재인용.

17 플라톤과 셰익스피어에 관한 앞의 진술을 참고하기 바란다.

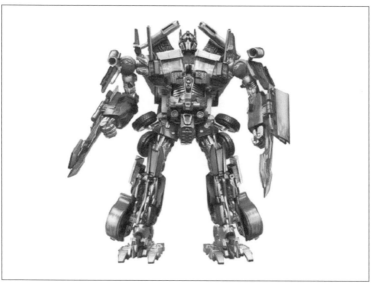

문학, 영상을 만나다

남는 문제들

I

몇 가지 문제 제기

이 책의 논제는 이론적이거나 학문적이라기보다는 학제적/실천적이며 현장적인 성격이 애초부터 강한 것이었다. 그것은 문학 연구가 문학사와 문학비평을 함께 아우르는, 혹은 그 둘 사이에 끼어 있는 본원적 속성을 지니고 있기 때문이기도 하지만, 더 근본적으로는 논제 자체가 활자 문학과 영상 문학이라는 시대적인 움직임 위에 있기 때문이다. 따라서 이 책은 완료형 아닌 진행형으로 서술 편집될 수밖에 없으며, 문제를 제기하는 형식들을 또한 담을 수밖에 없다. 제기될 수 있는 문제들은 대략 다음과 같은 것들이다.

1. 하이퍼텍스트, 쌍방향성 소통, 일인 일매체 시대의 생산성은 어떤 점에서 '문자 시대' 문자가 갖는 배타적 독점욕, 이를테면 특권 계

충에 의해 공유되고 소통되었던 관습이나 일방향적 해석과 학습의 권력적 관계를 벗어나 '민주화'에 기여했다. 영상, 도상은 예로부터 많은 사람들을 해방시키는 '민주화'와 연결되는데, 이에 대한 새로운 해석이 요구된다.

2. 영상 문화에는 흔히 '사유'와 '내면성'의 결핍이 지적된다. 그러나 사유란 무엇인가라는 본질적인 의문에 대해서도 생각해 보아야 한다. 영상이 사유를 가능케 하지 않는다는 입장은 영상 매체가 질서와 명료성이 없다는 것, 이미지와 이미지 사이에 혼돈, 직접적인 충격만 있으며 문법화될 수 없다는 것이다. 그러므로 뜻/글, 기표/기의로 이루어진 해석학적 운영 방식에 위배된다는 것이다. 그러나 영상은 문자 매체와 기술 영상 매체에 의해 생산된 관념들을 구체적 현전現前과 결합시키는, 즉 무한 겹겹의 부재에 대해 사유케 한다. 기호학자들이 문자 언어에 대해 '영상 언어'라는 표현을 쓰는 까닭은 여기에 있다. 영상은 표피성, 피상성, 시각적 임팩트로 흘러만 가는 것이 아니라 문학적인 것과 함께 얽혀 깊은 정신성, 철학적 화두를 갖게 하기도 한다. 영상은 세상을 단순히 표피화하지 않고 오히려 세상의 표피화에 저항할 수도 있다.

3. 필립 K. 딕의 SF 소설 『안드로이드는 전기양을 꿈꾸는가』는 리들리 스콧 감독에 의해 〈블레이드 러너〉(해리슨 포드 주연)로 영화화된다. 여기서 인간의 정체성에 대한 탐구는 매우 철학적이다. 흔히 문학은 인식하고 사고하며 영화는 감각에 호소하고 현장감을 느끼게 한다고 하는데, 그렇게만 볼 수 없다. 이것은 문자 매체가 주는 이미지와 리얼

리티의 방식으로 영상 매체를 재단하려고 하기 때문에 생겨나는 오류다. 양자는 서로 다른 방식의 이미지와 리얼리티를 갖고 있는 것이 아닌가.

4. 시의 경우, 21세기에 들어서면서 자폐적이라고 할 만큼 시뮬라크르의 거울에 갇혀 극주관성의 기호 유희에 빠져들고 있다. 개인에 대한 내면 탐문이 감각과 자아의 극대화로 나가서 탈주체화를 실천하는 듯하지만, 자기 폐쇄의 통로에 갇혀서 복화술적 장광설이 되거나 하위문화의 비루한 실천자처럼 보이는 것이 사실이다. 이것들은 일본 문화, 다국적 문화, 영상·만화·게임과 직접적인 연관이 있다. 근친상간, 가출, 폭력, 자해는 세상에 대한 환멸과 무관심으로만 보인다. 과연, 영상물과 시의 융합은 어떤 식으로 가능할 것인가.

5. 데카르트적 이성중심주의에서 해방된 감각에 대해 새롭게 생각할 필요가 있다. 사람들은 사이버 감각으로 신체가 확대되었고, 영상 공간에서 다감각적 실체로 거듭난다. 영상 시대에서 주체는 부유하고, 감각은 유동적이 된다. 감각이 자유로워야 주어진 객관적 대상을 자유롭게 인식하고 사물을 판별한다. 영상 문화는 우리의 감각을 다양하게 열어 놓고 있는데, 이에 따른 상상력의 증진이 '차별' 아닌 '차이'가 되도록 다양한 '다름'에 대한 인정이 요구된다.

6. 문학 시장의 백 배가 영화 시장이고, 영화 시장의 만 배가 게임 시장인 현실에서 영상적 상상력이 문학에 필요한 것은 아닌지, 또한 문학적 상상력이 영상물에 필요한 것은 아닌지 깊이 고려해 볼 만하다. 이른바, 융합의 가능성과 형태를 생각해 보자.

7. 일부 소설가들에게서 나타나는 미술과 영상 문화, 그림과 동영상은 구별되어야 할 것으로 보인다. 가령, 20세기 초 프랑스의 초현실주의 운동에 나타나는 그림 선호, 사진 선호의 경향을 이와 함께 고려해 보면 좋겠다.

8. TV 드라마의 시청자들이 작품의 결말에 영향을 미치듯이 책의 의미가 독자의 취향에 따라 결정되고 책에는 독자가 메워야 할 수많은 빈칸이 존재한다는 사실은, 실제로 어제오늘의 일이 아니다. 20세기 전반 유럽의 일부 소설들, 한국 문학의 경우 1980년대 이인성의 소설에서도 발견된다. 또한 1950, 1960년대 대중 소설에서도 그 예를 찾을 수 있는바, 본격 문학과 대중 문학의 구별 여부, 그리고 시대 확정 등 보다 엄격한 논리의 전개가 필요하다.

천사도 짐승도 아닌 해체론과 더불어

이와 같은 문제 제기는 사실상 「영상 문화와 문학의 새로운 파동」이라는 전체 논제가 유발할 수 있는 모든 요소를 망라하고 있다. 또한 이러한 문제들은 본 연구와 서술이 놓치고 있는 부분들에 대한 예리한 반응으로서 의미가 있다. 이제 이들은 대략 다음 다섯 가지 범주 안에서 매우 미흡하나마 대답을 가질 수 있을 것이다.

첫째, 활자 문화가 지니는 '사유'의 독점성과 영상 문화 '사유'의 특성에 대한 고찰이다. 활자 매체와 영상 매체는 그 매체가 다른 만큼 당연히 다른 성격을 갖고 있고 이미지와 리얼리티도 다르다. 따라서 인식과 사유의 방법도 자연스럽게 다를 수밖에 없다. 그러나 이 사실을 인정하면서도 활자 문화 속을 살아온 사람들은 몸에 익은 옛것, 즉 활자 문화적 인식과 태도로 영상 매체의 특징을 재단한다. 그리하여 문학은 인식하고 사고하는 능력이며, 영상은 감각과 현장감을 특성으로 한다는 생각에 머문다. 이러한 상황은 본질적으로 불가피하다. 왜냐하면 모든 판단은 판단자의 의식/무의식에 의지하기 마련인데, 그것은 그때까지의 학습 결과와 직접 맺어져 있기 때문이다.

이러한 사정과는 별도로, 과연 영상 문화에도 그 나름의 사유 능력이 있는가 하는 문제에 대해서는 그것에 긍정적으로 동의하는 태도에도 수긍할 일면이 있는 것은 틀림없어 보인다. 그러나 문학 속의 관념성을 영상의 구체성과 결합시킴으로써 얻게 되는 이미지의 능력을 곧 사유의 능력과 동일시하는 것은 재고할 만한 일이다. 영상이라고 해서 사유의 힘이 전혀 없다고 할 수는 물론 없으나, 보존과 기억의 특성인 문학과 달라서 그 힘은 비지속적, 간헐적일 수밖에 없을 것이다.

기호학에서의 영상 언어론은 타당하다. 영상이 문자 매체와 기술 영상 매체에 의해 생산된 관념들을 주체적 현전과 결합시키는, 즉 무한 겹겹의 부재에 대해 사유하게 된다는 점은 수긍될 수 있다. 그러나 우리의 경우 영상 언어가 먼저 발생하고 그 영향이 문학 언어 쪽으로 유입되는 일종의 역조 현상이 일어나고 있다는 점이 특이하다. 이때 그 영상 언어가 폭력, 섹스, 엽기로 기울고 있다는 사실은 이미 밝혀진 바와 같다. 영상에 정녕 사유의 능력이 있다면, 이러한 점들이 진지하게 성찰되어야 할 것이다.

둘째, 영상이 쌍방향성 소통을 함으로써 일방향적 해석과 학습의 권력 관계를 지향하고 많은 사람들을 굴레에서 해방시키는 민주화에 기여했다는 주장은 동의되기 어렵다. 이에 대해서는 두 가지 측면, 즉 민주화의 개념과 관계된 부분과 과연 '민주화'에 기여했는가 하는 양면에서 살펴질 수 있다. 우선, 민주화란 무엇인가. 전문적 정치학의 깊은 해석을 논외로 하더라도 그것은 무엇보다 자유·평등·박애의 정신에 의한 공중 정신과 법의 지배를 가리킬 것이다. 소통의 측면만을 절대시해 쌍방 소통성으로 어느 일방의 억압이 해소되었다는, 이른바 '해방'으로만 민주화는 설명되지 않는다. 민주주의는 타자로부터의 해방 못지않게 타자의 존중을 요체로 한다. 다른 한편, 영상이 '민주화'에 기여했다는 증거는 빈약하다. 문자는 학습되어야 하는 반면, 영상은 직접 정서적인 반응의 회로를 통하기 때문에 학습 여부가 꼭 필수적이지 않다는 점이 '민주화'를 향한 기능적 이점으로 지적될 수도 있다. 그러나 그 같은 반응과 기능의 결과가 반드시 '민주화'일까 하는 문제에 대해서는 많은 이론이 있을 수 있다. 예컨대, 이 경우 '민주화'는 평등의 측면에서만 관찰된 면이 강하다. 모든 사람이 동일한 화면을 보고 알게 되는 동일한 기회를 가졌다고 할 수 있을지 모르겠지만, 그것이 오히려 대중 일반의 조야粗野한 반응으로 연결되어 오늘날 우려되고 있는 것과 같은 조잡하고 음란한 영상 문화의 성격이 배태되었다는 해석도 유력하기 때문이다. 일찍이 오르테가 이 가세트가 『대중의 반역』에서 염려한 대중적 평등지상주의는 한 세기가 지난 오늘날 오히려 더욱 거칠어지고 있기 때문이다. 이렇게 볼 때 영상은 '민주화'에 기여했다기보다 그 나름의 시대적 계몽의 기능을 감당했다고 하는 정도가 옳을 것으로 생각된다.

셋째, 시의 극주관성 및 엽기적 에로티시즘과 관련된 문제다. 오늘의 시에는 여전히 전통적인 서정과 연관된 한 줄기 흐름이 있는 것이 사실이다. 그러나 이러한 면을 비웃듯이 과격한 엽기의 자기 폐쇄적 주관 놀이가 마치 포스트모더니즘을 전형적으로 대변하고 있는 듯한 과시의 몸짓을 보인다. 이 현상은 해체론과 긴밀히 관계가 있는 것으로 보이기에 P. 지마의 「해체론에 대한 비판」의 일부를 먼저 소개해 본다.

해체론은 천사도 짐승도 아니다. 해체론의 공헌은 니체의 '권력에의 의지' 혹은 '하이데거의 의지에의 의지'를 그의 담론이 표현한다는 인식이다. 비판 이론 내에서도 아도르노 담론이 이러한 문제를 항상 강조한다. 데리다와 아도르노는 담론에 대한 이 같은 비판에서 연결된다. 문학 작품은 헤겔이나 루카치적 의미에서의 동질적인 총체성이 아니며 비슷비슷한 구조주의 이론의 틀로서 기표들의 구조를 매개로 쉽게 규정될 수 없다는 것이다. 합리주의와 총체성의 변증법에 자리한 근본 전제들에 대한 의문의 중요성은 간과될 수 없다.

그러나 해체론의 다양한 변형들이 자신의 고유한 전제들을 역사적, 대화적 맥락 안에서 반성하는 일을 소홀히 하고 있다는 것이다. 데리다와 그의 추종자들은 거의 모든 텍스트에서 아포리아, 산종, 반복 가능성의 형식들을 확인할 수 있다고 생각한다. 이때 그들은 단순한 기호학적 사실들을 무시하고 있다. 그들은 메타 담론의 구성물을 주해된 텍스트에 투사하고 있다. 이러한 방식으로 오히려 그들은 그들이 비판해 온 이성중심주의의 절대주의적, 독백적 경향을 강화한다.[1]

해체주의자들이 그들이 비판해 온 이성중심주의의 절대주의적, 독백적 경향을 오히려 강화한다는 주장은 특히 오늘의 한국 시에 잘 들어맞는 탁견이다. 탈주체화의 실천에 관심이 있는 듯한 많은 젊은 시들이 복화술적 장광설이 되거나 하위문화의 비루한 실천자 노릇을 하는 것이 아니냐는 문제 제기는 정당하다. 또한 이러한 적용은 비단 시에만 가능한 것도 아니다. 말하자면 소설을 포함한 모든 장르에 해당되는데, 특히 비록 자유로운 운율이라 하더라도 노래의 전통, 그리고 서정의 전통을 지닌 시에 관한 한 치명적이다. 이와 관련해 사회의 비도덕적 분위기와 문학 작품 내용의 그것을 연계시켜 보고자 하는 태도 역시 비슷한 맥락 안에서 인정될 수 있다. 사회란 영상 문화에 의해 직접적으로 매개되고 있는 공간이며, 거기에는 평등제일주의의 이데올로기에 감염된 욕망만이 넘치고 있기 때문이다. 이렇게 본다면 시는 어떤 의미에서 그 장르적 운명을 다한 것이 아닌가 하는 생각이 들기도 한다.

넷째, 작가들의 그림 선호, 미술 선호 현상을 영상 시대의 영상 문화와 연결시켜 일반화시키는 데 대한 이론은 매우 미묘한 문제로서 세심한 주의가 필요한 것으로 생각된다. 문제로 제기되었듯이 프랑스의 초현실주의, 그리고 독일의 표현주의는 미술에서 촉발되었거나 적어도 미술과 여러 면에서 궤를 같이하는 것이 사실이다. 잘 알려져 있는 바와 같이 독일의 표현주의 운동은 '청기사'Blauer Reiter라고 불리는 일군의 화가들에게 먼저 붙여진 이름으로, 여기에는 많은 화가들과 그림들이 등장했다. 1901년 화가 에르베J. A. Herve가 표현주의라는 이름으로 그림 8점을 파리의 '독립살롱'Salon des Independants에 전시했다는 기록이 있으며, 앙리 마티스의 그림을 가리켜 비평가 보셀르Vaucelles가 '표현주의적'이라고 불렀다는 말도 있다. 또한 마르크F. Marc는 「거친 독일인들」이라는 글에서 여러 독일 화가를 싸잡아 표현주의자라고 불렀는데, 결국 보링거W. Worringer가 「독일 예술가들의 항의에 대한 대답」에서 표현주의를 개념화한 것으로 알려진다. 그런가 하면 1911년 잡지 『폭풍』Der Sturm에서 보링거는 프랑스 화가 세잔, 반 고흐, 마티스들을 일컬어 "파리의 젊은 종합주의자이자 표현주의자"라고 했다.[2] 요컨대, 20세기 전반 서구 문학의 가장 중요한 흐름이었던 표현주의가 사실상 미술을 중심으로 형성되었다는 사실은 그림과 문학과의 관계가 이즈음에 벌써 긴밀하게 연락되고 있었음을 보여주는 것이다.

그럼에도 불구하고 최근의 젊은 소설가/시인들에게서 나타나는 영상성으로서의 그림, 화상, 동영상들은 다른 어떤 시대의 그것들과 구별되는 시대적 변별성을 갖는다. 과거의 어떤 소설에도 그림에 대한 진술 혹은 장면이 있기 때문에 오늘에 문제가 되는 장면이 특별한 것이 아닐 수 있다고 말할 수는 없다. 일반적인 미술이나 그림의 장면과 영상 문화의 그것은 구별되어야 하며, 문학을 그림처럼 만들고 싶어 하는 것은 반드시 영상 문화만의 영향은 아니라는 주장은 일반적으로 타당하다. 그러나 어느 한 시대에 대해서 말해 보자. 가령 20세기 말에서 21세기에 이르는 한국의 여러 작가에게서 비슷한 장면들이 공통으로 떠올랐다면, 그것들이 개별적으로 다른 어떤 시대의 풍경과 비슷하다고 하더라도 이 시대의 특징으로 파악하는 것이 자연스러울 것이다. 이것이 이른바 '시대 인식'Zeiterkenntnis이다. 말하자면, 인간의 내부에서 폭발하는 격렬한 감정이나 열정은 시대를 막론하고 표현되기 마련이지만, 16세기의 그것을 '바로크', 18세기의 그것을 '질풍노도'라고 부르고, 통시대적으로는 낭만적 기질 또는 성향이라고 부르는 것이다. 확실히 1980년대 후반 이후 신경숙, 장정일에서 시작되어 이즈음에 이르는 소장 소설가들에게서는 환상성이라고 부를 수 있는 장면에 대한 경사가 눈에 띄게 증가하고 있으며, 최근에는 아주 그쪽으로 넘어가서 새로운 영역이 이루어진 것으로 이 연구는 판단한다. 그 발원 시점의 작가들에게서 환상성을 발견하고 시대적 특징으로 유형화하는 것은 그러므로 문제 의식의 출발점이기도 하다.

다섯째, 책의 의미가 독자의 취향에 따라 결정되고, 책에는 독자가 메워야 할 많은 빈칸이 존재한다는 논리에 대한 이의 제기는 데리다의 텍스트 이론을 소화한다면 해소될 수 있는 생각이다. 오늘의 작가와 책(=작품)에는 작가의 영향력이 현저히 감소하는 반면, 독자의 영향력은 점증하고 있다. 소설가 김경욱이 소설 「위험한 독서」에서 직접적으로 거론하지 않더라도 이 현상은 이미 일반적인 것으로 인식된다. 그런데 20세기 전반 유럽 소설들이나 1980년대 한국의 이인성 소설에서도 발견된다고? 물론 그럴 수 있다. 그러나 여기서의 '오늘날'은 1990년대 이후의 디지털 시대/포스트모더니즘/해체론 시대이며, 곧 한마디로 요약해서 영상 문화 시대다. 이 시대의 아버지는 데리다이며, 푸코·들뢰즈·라캉이 가족을 이루고 있고, 그 조상이 니체다. 데리다의 텍스트 이론은 이미 앞서 소상히 소개되었지만, 중복을 피하는 의미에서 이번에는 바르트의 입을 빌려 관련 부분을 다시 한번 살피면서 이해의 완벽을 기하는 것이 좋을 듯하다.

한 텍스트는 다양한 글쓰기들로 이루어져 있고 복수의 문화들에서 유래한다. (……) 그러나 이러한 다양성들이 하나로 모이는 장소가 있다. 하지만 이 장소는 저자가 아니라 독자이다. 독자는 글쓰기를 이루고 있는 모든 인용들이 조금도 상실되지 않은 채 기입되는 장소이기도 하다. 한 텍스트의 통일성은 그 기원에 있는 것이 아니라 목적지에 있다. (……) 독자의 탄생은 저자의 죽음을 대가로 한다.[3]

이들에 앞서 이미 독일의 현상학이 있고, 거기에 바탕을 둔 R. 인가르덴이 있다. 그를 통해 현상학적으로 발생한 책의 구조는 앞서 2장에서 이미 자세히 강론된 과정을 통해 독자의 개입을 요구하고 그 텍스트성을 완성해 간다. 그것은 하나의 문학 작품이 자율적으로 형성되면서 처음에는 작가에 의해, 그리고 결국에는 독자에 의해서 완결된다는 이론이며, 이 이론은 오늘날의 영상 시대에 많은 작가들에게 거의 금과옥조가 되고 있다.

주

1 피터 지마, 김혜진 옮김, 『데리다와 예일학파』(문학동네, 2001).

2 지명렬, 『독일문학사조사』(서울대학교출판부, 2002), 384~385쪽.

3 R. Barthe, Le Bruissement, La mort de la l'ange, Paris: Seuil, 1984, 66~67쪽; 한국프랑스철학회 편, 『프랑스 철학과 문학비평』(문학과지성사, 2008), 305~306쪽에서 재인용.

참고문헌

1. 시집

· 강 정,『키스』, 문학과지성사, 2008.

· 김경주,『기담』, 문학과지성사, 2008.

· 김 근,『구름극장에서 만나요』, 창비, 2008.

· 김선우,『내 몸속에 잠든 이 누구신가』, 문학과지성사, 2007.

· 김이듬,『명랑하라 팜 파탈』, 문학과지성사, 2007.

· 성기완,『당신의 텍스트』, 문학과지성사, 2008.

· 심보선,『슬픔이 없는 십오 초』, 문학과지성사, 2008.

· 이 원,『야후!의 강물에 천 개의 달이 뜬다』, 문학과지성사, 2001.

· 황병승,『트랙과 들판의 별』, 문학과지성사, 2007.

2. 소설집

· 괴테 J. W. v. / 안삼환 옮김,『빌헬름 마이스터의 수업시대』, 민음사, 1996.

· 김경욱,『위험한 독서』, 문학동네, 2008.

· 김승옥,『서울 1964년 겨울』, 창우사, 1966.

· 김애란,『달려라, 아비』, 창비, 2005.

· 김영하,『오빠가 왔다』, 창비, 2004.

· 김영하,『엘리베이터에 낀 그 남자는 어떻게 되었나』, 문학과지성사, 1999.

· 박민규,『지구영웅전설』, 문학동네, 2003.

· 박민규,『핑퐁』, 창비, 2006.

· 박성원,『나를 훔쳐라』, 문학과지성사, 2000.

· 백가흠,『귀뚜라미가 온다』, 문학동네, 2005.

· 백민석,『내가 사랑한 캔디』, 김영사, 1996.

· 백민석, 『목화밭 엽기전』, 문학동네, 2000.

· 백영옥, 『스타일』, 예담, 2008.

· 신경숙, 『풍금이 있던 자리』, 문학과지성사, 2003.

· 이광수 / 김철 책임편집, 『무정』, 문학과지성사, 2005.

· 이기호, 『최순덕 성령충만기』, 문학과지성사, 2004.

· 편혜영, 『아오이가든』, 문학과지성사, 2005.

3. 이론서 / 비평서

· 강현구, 『문화콘텐츠의 서사전략과 인문학적 상상력』, 글누림, 2008.

· 국제어문학회, 『문자문화와 디지털문화』, 국학자료원, 2001.

· 권혁웅, 『미래파』, 문학과지성사, 2005.

· 김철관, 『영상 이미지와 문화 』, 배재대학교 출판부, 2009.

· 김상환, 『니체, 프로이트, 맑스 이후』, 창비, 2002.

· 한국프랑스철학회 편, 『프랑스 철학과 문학비평』, 문학과지성사, 2008.

· 김용직 외, 『문예사조』, 문학과지성사, 1977.

· 김주연, 『가짜의 진실, 그 환상』, 문학과지성사, 1998.

· 민족문학작가회의 정보문화센터 편, 『문학, 인터넷을 만나다』, 북하우스, 2003.

· 서동욱, 『차이와 타자』, 문학과지성사, 2000.

· 서양근대철학회, 『서양근대철학』, 창비, 2001.

· 유선영 외, 『한국의 미디어 사회문화사』, 한국언론재단, 2007.

· 윤명로, 『현상학과 현대철학』, 문학과지성사, 1987.

· 윤석민, 『커뮤니케이션의 이해』, 커뮤니케이션북스, 2007.

· 이남호, 『문자제국 쇠망약사』, 생각의나무, 2004.

· 이지훈, 『예술과 연금술』, 창비, 2004.

· 전규찬 외, 『글로벌 시대 문화의 다양성』, 커뮤니케이션북스, 2006.

· 데리다, 쟈끄 / 박성창 편역, 『입장들』, 솔, 1992.

· 들뢰즈, 질 / 이찬웅 옮김, 『주름: 라이프니츠와 바로크』, 문학과지성사, 2004.

· 딜릭, 아리프 / 황동연 옮김, 『포스트모더니티의 역사들』, 창비, 2005.

· 올셋, 에스펜 / 류현주 옮김, 『사이버텍스트』, 글누림, 2007.

· 라이크만, 존 / 김재인 옮김, 『들뢰즈 커넥션』, 현실문화연구, 2005.

· 루카치, 게오르크 / 반성완 옮김, 『루카치 미학 4』, 미술문화, 2002.

· 문학이론연구회 편역, 『담론 분석의 이론과 실제』, 문학과지성사, 2002.

· 맥루한, 마샬 / 임상원 옮김, 『구텐베르크 은하계』, 커뮤니케이션북스, 2005.

· 맥루한, 마샬, 『미디어는 맛사지다』, 커뮤니케이션북스, 2001.

· 모레티, 프랑코 / 조형준 옮김, 『근대의 서사시』, 새물결, 2001.

· 모스, 수잔 벅 / 김정아 옮김, 『발터 벤야민과 아케이드 프로젝트』, 문학동네, 2004.

· 아도르노, T. W. / 김주연 편역, 『아도르노의 문학이론』, 민음사, 1985.

· 아우얼바하, 에리히 / 김우창 · 유종호 옮김, 『미메시스』, 민음사, 1979.

· 아이젠슈타인, 엘리자베스 L. / 전영표 옮김, 『근대 유럽의 인쇄 미디어 혁명』, 커뮤니케이션북스, 2008.

· 지마, 페터 / 김혜진 옮김, 『데리다와 예일학파』, 문학동네, 2001.

· 지브코비치, 조란 / 유향란 옮김, 『책 죽이기』, 문이당, 2004.

· 커넌, 엘빈 / 최인자 옮김, 『문학의 죽음』, 문학동네, 1999.

· 크로토, 데이비드 · 호인스, 윌리엄 / 전석호 옮김, 『미디어 소사이어티』, 사계절, 2001.

· 패커, 랜덜 · 조던, 켄 엮음 / 아트센터 나비 학예연구실 옮김 , 『멀티미디어』, 나비프레스, 2004.

· 포터, W. 제임스 / 하종원 옮김, 『 미디어와 폭력』, 한울아카데미, 2006.

· 하르트만, 프랑크 / 이상엽 · 강웅경 옮김, 『미디어 철학』, 북코리아, 2008.

· Adorno, Theodor W., *Negative Dialektik*, Frankfurt, 1966.

· Adorno, Theodor. W., Zur *Metakritik des Enkenntnistheorie*, Frankfurt, 1972.

· Arntzen, Helmut, *Literatur im Zeitalter des Information*, Frankfurt, 1971.

· Bachelard, Gaston, *Die Philosophie des Nein*, Frankfurt, 1980.

· Baumer, Franklin L., *Intellectual Movements in Modern European History*, New

York, 1965.

· Barry, Kathleen, *The Prostitution of Sexuality*, New York and London, 1995.

· Benjamin, Walter, *Illumintionen*, Frankfurt, 1969.

· Benjamin, Walter, Das *Kunstwerk im Zeitalter seiner Technischen Reproduzierbarkeit*, Frankfurt, 1963.

· Benjamin, Walter, *Zur Kritik des Gerwalts und andere Aufsätze*, Frankfurt, 1971.

· Chassequet-Smirgel, Janine (hrsg.), *Psychoanalyse der Weiblichen Sexualität*, Frankfurt, 1974.

· The Frankfurt Institute for Social Research / *translated by John Viertel, Aspects of Sociology*, Boston, 1972.

· Gadamer, Hans Georg, *Wahrheit und Methode*, Tübingen, 1985.

· Griesebach, Maren, *Methoden der Literaturwissenschaft*, München, 1979.

· Habermas, Jürgen, *Legitimation Crisis*, Boston, 1975.

· Harvey, David, *The Condition of Postmodernity*, Cambridge, 1991.

· M. Horkheimer / T. W. Adorno, *Dialektik der Aufklärurg*, Frankfurt, 1969.

· Horster, Detlef (hrsg), *Weibliche Moral-ein Mythos?*, Frankfurt, 1998.

· Ingarden, Roman, *Vom Erkennen des Literarischen Kunstwerks*, Tübingen, 1968.

· Jüng, C. G., *Welt der Psyche*, München, 1977.

· Marcuse, H., *One Dimensional Man*, Toronto, 1966.

· Muschug, Adolf, *Literatur als Therapie?*, Frankfurt, 1981.

· Manovich, Lev, *The Language of New Media*, Thinking Tree Publishing, 2004.

· Putz Peter (hrsg), *Erforschung der deutschen Aufklärung*, Regensburg, 1995.

· Swingewood, *Alan, The Novel & Revolution*, New York, 1975.

4. 잡지 / 신문

· 『문학과 사회』, 2004년 가을호, 문학과지성사.

· 『조선일보』, 2007년 6월 20일자, 조선일보사.

- 『21세기 문학』, 2008년 여름호, 홍영사.
- 『창작과 비평』, 2008년 여름호, 창비.
- 『오늘의 시』, 2008년, 작가.
- 『작가와 사회』, 2008년 봄호, 작가와사회.
- 『세계의 문학』, 2009년 여름호, 민음사.

5. 그림
- 225쪽: 독일 베를린 시청에서 베를린을 소개하는 책자 『Berlin Language』의 일부
- 226쪽: (상단) 장르 문학 소설가 이영도의 대표작 『드래곤 라자』
        (하단) 영화 〈반지의 제왕〉
- 227쪽: (상단) 영화 〈슈렉〉 / (하단) 영화 〈트와일라잇〉
- 228쪽: 영화 〈슈퍼맨〉
- 229쪽: 영화 〈배트맨〉
- 230쪽: 영화 〈해리포터〉
- 231쪽: 영화 〈반지의 제왕〉
- 232쪽: 영화 〈트랜스포머〉

찾아보기

갊주멀